NUITS D'ANGOISSE

DU MÊME AUTEUR
CHEZ POCKET

CRIMES PASSIONNELS (t. 1 et 2)

NUITS D'ANGOISSE (t. 2)

LA PEUR DERRIÈRE LA PORTE (t. 1 et 2)

CRIMES DE SANG (t. 1 et 2)

PIERRE BELLEMARE
JEAN-FRANÇOIS NAHMIAS

NUITS D'ANGOISSE

*

**TF1
ÉDITIONS**

Le Code de la propriété intellectuelle n'autorisant, aux termes de l'article L. 122-5, (2e et 3e a), d'une part, que les « copies ou reproductions strictement réservées à l'usage privé du copiste et non destinées à une utilisation collective » et, d'autre part, que les analyses et les courtes citations dans un but d'exemple et d'illustration, « toute représentation ou reproduction intégrale ou partielle faite sans le consentement de l'auteur ou de ses ayants droit ou ayants cause est illicite » (art. L. 122-4).
Cette représentation ou reproduction, par quelque procédé que ce soit, constituerait donc une contrefaçon sanctionnée par les articles L. 335-2 et suivants du Code de la propriété intellectuelle.

© TF1 Éditions, 1990.
ISBN 2-266-12106-5

La boiteuse

Le lieutenant Stanley Miller, de la police de Coventry, en Angleterre, fait la grimace au volant de sa voiture. Nous sommes le 22 décembre 1959, il fait nuit et il neige. Mais ce ne sont pas ces conditions atmosphériques détestables, somme toute habituelles en cette période de l'année, qui motivent sa contrariété. On vient de lui apprendre quelques instants plus tôt qu'une femme a été assassinée dans Birmingham Avenue, sur le parking d'un grand ensemble de la banlieue ouvrière. La victime a été frappée de deux coups de couteau.

Ce pourrait sembler banal dans une ville de l'importance de Coventry mais, une semaine auparavant, une autre femme a été poignardée à quelques centaines de mètres de là. Le lieutenant Stanley Miller craint fort d'avoir dans son secteur un meurtrier sadique et d'avoir à passer un bien mauvais Noël...

Stanley Miller se gare rapidement sur le parking, à côté du car de police. Des bobbies maintiennent à l'écart une foule de curieux qui stationnent silencieusement malgré la neige. Un agent s'approche de lui.

– Par ici, lieutenant. Nous avons placé la victime dans le car.

Près du véhicule, un homme d'une soixantaine d'années sanglote doucement. Le lieutenant soulève la couverture qui recouvre la civière. La nature des blessures confirme ses craintes. Ce sont les mêmes que pour la première victime : un coup dans le cœur et un autre à l'abdomen.

Il y a pourtant quelque chose qui le surprend : la morte qu'il a sous les yeux est une femme entre cinquante et soixante ans, grande et maigre aux cheveux poivre et sel. Tout le contraire de la première victime, une petite blonde de vingt et un ans, plutôt grassouillette. C'est étonnant, parce que d'habitude ce genre de fou sadique s'attaque toujours au même type de femme, les blondes ou les brunes, les jeunes ou les vieilles. Il faut croire que l'assassin de la banlieue de Coventry n'est pas comme les autres, à moins qu'il existe entre ces deux femmes, si différentes physiquement, un point commun qui lui échappe encore. Le lieutenant Miller descend du car et s'approche de l'homme en larmes.

— Pardonnez-moi, monsieur, vous êtes le mari ?
— Oui.
— Savez-vous comment cela s'est passé ?
— Non. On m'a prévenu à l'usine. C'est en rentrant de son travail qu'elle a été attaquée.

La profession... Voilà un point qui pourrait rapprocher les deux victimes. La première était coiffeuse.

— Que faisait votre femme, monsieur ?
— Infirmière.

Il faudra donc trouver autre chose... Après avoir encore échangé quelques mots avec le pauvre homme, le lieutenant Stanley Miller quitte les lieux du crime. De retour dans son bureau, il reprend le dossier du meurtre précédent. Il contemple la photo souriante de la disparue : un visage plein, un corps potelé, quelque chose d'enfantin dans toute la physionomie. Rien à voir avec la femme sèche et austère du grand ensemble...

Le lieutenant Miller relit avec attention le rapport d'autopsie et, brusquement, un détail s'impose à lui. Le médecin a noté la présence d'une forte coxalgie chez la première victime – autrement dit, une déformation de la hanche. Le policier décroche son téléphone pour appeler le mari de l'infirmière dont il avait pris les coordonnées.

– Excusez-moi de vous déranger de nouveau, mais j'ai besoin de savoir quelque chose : est-ce que votre femme boitait ?

Il y a un moment de silence, puis le mari répond d'une voix émue :

– Oui. Terriblement. La pauvre était comme cela depuis sa naissance.

Il y a de nouveau un silence et la voix du mari :

– Inspecteur, vous pensez que... c'est pour cela qu'on l'a tuée ?

– Oui monsieur, je le pense...

Pour la forme, Stanley Miller interroge les parents de la jeune blonde assassinée. La réponse est celle qu'il attendait : à la suite d'une coxalgie tuberculeuse attrapée dans sa petite enfance, leur fille boitait fortement.

La situation est grave. Le lieutenant convoque les journalistes pour les mettre au courant et leur demander leur concours. Le soir même du 23 décembre, les journaux de Coventry publient des mises en garde en première page :

« Un fou sadique s'attaque aux femmes qui boitent. Il est recommandé à toutes les personnes souffrant de cette infirmité de ne pas sortir de chez elles si elles le peuvent, de faire faire leurs courses par une voisine par exemple. Si elles y sont obligées, pour une raison professionnelle ou autre, qu'elles évitent de se déplacer seules. Nous conseillons à leurs collègues d'usine ou de bureau de leur faire escorte. En cas de nécessité, elles peuvent prendre contact avec la police qui leur enverra un agent dans la mesure des possibilités. »

Dans ses bulletins d'information, la radio diffuse les mêmes messages et les habitants de Coventry sont bientôt tous au courant de cette désagréable affaire, particulièrement déplacée au milieu des préparatifs de Noël.

Le lieutenant Stanley Miller coordonne les opérations à l'échelle de Coventry. Il reçoit l'autorisation d'armer les bobbies qui, d'habitude, ne le sont pas. Il prévoit des patrouilles qui quadrilleront les quartiers populaires, principalement la nuit.

De plus, il demande et obtient des policiers de choc, envoyés exprès de Londres. Ce sont six jeunes femmes qui ont reçu, dans les écoles de police, un entraînement particulièrement poussé à toutes les techniques de combat. La plus frêle d'entre elles est capable d'immobiliser un colosse avec une prise de judo ou même de tuer d'un coup de karaté. Mais le lieutenant Stanley Miller a autre chose à exiger d'elles.

— Étudiez chacune votre parcours, mesdames. Tous les quarts d'heure vous vous signalerez par radio. Maintenant, je vais vous prier de vous entraîner à boiter.

Le lieutenant contemple pendant quelques minutes ces femmes qui tournent en rond en se déhanchant dans son bureau. Et il comprend ce qui a pu se passer dans la psychologie détraquée du meurtrier : une femme qui boite a quelque chose de choquant. Un fou sadique peut fort bien y voir un comportement provocant et même impudique. Il fait arrêter cette démonstration qui l'a mis, malgré lui, mal à l'aise.

– Je vous remercie, mesdames. J'attire votre attention sur le fait que, le plus difficile, est de boiter longtemps. Cela devient rapidement pénible et, surtout, on a tendance à l'oublier, à reprendre la démarche normale. Je vous conseille de vous répéter mentalement : « Je boite, je boite. » Bonne chance et bon courage.

24 décembre 1959, cinq heures du soir. Judith Appelby marche à pas pressés dans les rues illuminées. C'est une jolie petite femme de trente-cinq ans, blonde, aux yeux bleus et aux pommettes roses. Judith Appelby est d'humeur joyeuse : les guirlandes électriques tendues entre les maisons donnent à Coventry, d'habitude si grisâtre, un air de fête ; il y a des branches de sapin aux portes et aux fenêtres des maisons ; des groupes d'enfants chantent des cantiques en demandant une petite pièce...

En ce jour de réveillon, la banque où elle travaille a libéré le personnel une heure plus tôt pour qu'il puisse accomplir ses achats. Et c'est précisément ce que Judith Appelby est en train de faire. Après avoir acheté des jouets pour Nicolas et Marjorie, ses enfants, elle va chez le boucher prendre la dinde qu'elle a commandée. La seule chose qui gâte un peu sa joie est cette navrante nouvelle qu'elle a apprise le matin à la radio. Les malheureuses ! Comment peut-on faire une chose pareille ? Et un soir de Noël !...

Judith Appelby sort, avec sa dinde sous le bras. Elle est maintenant lourdement chargée et il neige. Elle est tout près de chez elle, mais malheureusement, les autobus sont bondés. C'est pourquoi elle se décide à emprunter un raccourci : un petit chemin qui passe par un terrain vague. Judith l'a déjà fait plusieurs fois quand elle était pressée. Son mari et ses voisins lui ont dit que ce n'était pas prudent, surtout la nuit, mais elle n'est pas peureuse et elle a toujours fait preuve d'un inébranlable optimisme...

Judith Appelby avance péniblement avec ses paquets dans les bras. Le sentier est raide. Le dernier réverbère est déjà cinquante mètres derrière elle et il neige toujours aussi fort. La jeune femme arrive maintenant sur le terrain vague. Heureusement qu'elle connaît le chemin car l'endroit n'est éclairé que par la lumière indirecte des rues en contrebas... Judith ne peut réprimer un frisson qui n'est pas uniquement dû au froid. On a beau avoir une confiance à toute épreuve en soi-même et en la vie, il faut reconnaître que le lieu est particulièrement sinistre, surtout quand on pense à cet assassin qui rôde dehors.

Judith Appelby a un petit haussement d'épaules. S'il y a une personne dont elle ne craint rien, c'est justement lui! La police a dit qu'il ne s'attaquait qu'aux boiteuses et elle ne boite pas. Il n'empêche qu'il y a, dans une grande ville comme Coventry, toutes sortes de personnages qu'il serait très déplaisant pour une femme de rencontrer en pleine nuit, au beau milieu d'un terrain vague. Elle presse le pas et pousse un cri, tandis qu'elle s'étale de tout son long en lâchant les cadeaux et la dinde. Elle vient de buter contre une grosse pierre qui lui a fait perdre l'équilibre. Elle bougonne :

— Je parie que la dinde est toute sale ! Et les jouets pour les gosses aussi !

Elle se relève, se baisse pour prendre la dinde et pousse un cri de douleur : son pied droit lui fait atrocement mal ; elle s'est certainement foulé la cheville. Elle essaie de faire quelques pas, mais la douleur est intolérable... Et c'est alors qu'elle éprouve une sensation de vertige sans fin. C'est tellement idiot, tellement inimaginable, tellement épouvantable : elle boite!

Instinctivement, Judith Appelby s'arrête de marcher, ou plutôt de boiter. Elle vient d'entendre le bruit d'un pas d'homme, lent, pesant, qui vient dans sa direction. Le cauchemar commence...

Elle reste immobile, comme une statue, sous la neige. Il y a un instant, elle n'avait aucune raison de redouter le tueur, et maintenant, tout vient de basculer d'une manière aussi brutale que stupide. Elle n'ose détourner la tête. L'homme est maintenant tout près. Elle sent son souffle dans l'air froid, tout en fixant désespérément l'horizon devant elle. L'inconnu prend la parole.

– Bonsoir.

Judith Appelby se retourne. Il a environ son âge. Il est bien habillé, élégant même : un pardessus de bonne coupe, un foulard en soie blanche; il a les cheveux courts et porte de petites lunettes. « Un gentleman, pense-t-elle. Je n'ai aucune raison de m'inquiéter puisque c'est un gentleman. Au contraire, il va m'aider, il va porter mes paquets. Je vais lui dire ce qui vient de m'arriver et lui demander de me protéger... »

L'homme la regarde avec un léger sourire. Judith, toujours immobile, sent la sueur l'envahir, malgré le froid. Non, il n'a rien de rassurant, bien au contraire. Combien elle aurait préféré avoir devant elle un blouson noir avec les cheveux gras et une chaîne de vélo dépassant de sa poche! Lui, au moins, il aurait été à sa place dans ce décor. Mais que fait dans ce terrain vague, la nuit, sous la neige, cet homme distingué?... Il n'y a qu'une réponse.

– Que regardez-vous, madame?

Judith Appelby lève les yeux vers l'homme. Il est blond, elle ne l'avait pas encore remarqué. Il a l'air très doux, trop doux... Elle répond d'une voix qu'elle veut enjouée.

— Eh bien, je regarde devant moi!
— Devant vous, c'est l'usine à gaz...

Judith regarde vraiment devant elle, ce qu'elle n'avait pas fait jusqu'à présent. Effectivement, elle est en train de contempler l'usine à gaz de Coventry.

La voix est toujours ironique mais avec une pointe d'impatience.

— Vous allez rester longtemps comme ça?
— J'ai tout mon temps!
— Vous avez remarqué que vous avez les pieds dans une flaque d'eau?

Judith baisse la tête.

— Non, je n'avais pas remarqué.
— Et vous n'avez pas remarqué qu'il neige? Vous n'avez pas remarqué que vous avez fait tomber vos paquets par terre?

Judith Appelby ne trouve plus rien à répondre. L'homme la fixe dans les yeux.

— Marchez!

Judith Appelby sait que si elle obéit, elle est perdue. Peut-être ne l'a-t-il pas vue boiter vraiment, en a-t-il eu seulement l'impression. Elle ne doit bouger à aucun prix!

— Je ne peux pas!
— Et pourquoi? Tout le monde marche. A moins que... vous ne marchiez pas comme les autres.

Le danger de mort paralyse ou stimule les individus selon leur nature. Heureusement pour elle, Judith fait partie de la seconde catégorie. Elle se sent devenir incroyablement lucide. Jamais elle n'avait vu aussi clair... Parler, il faut parler, l'intéresser. Elle ne peut que gagner du temps, en espérant elle ne sait trop quoi. Mais le temps, c'est la survie, la vie.

— Je plains ce malheureux dont on parle à la radio. Quelle terrible idée de tuer les femmes qui boitent!

— Pourquoi « malheureux »?

— Parce qu'il faut l'être beaucoup pour songer à tuer un soir de Noël. Vous ne trouvez pas?

L'homme ricane :

— Ça dépend qui on tue. Il y a des créatures qui ne méritent pas de vivre!

— Ce n'est pas leur faute.

— Des créatures qui remuent en marchant : c'est laid! Et aussi, c'est comme un appel! Dites, madame...

Judith jette à l'homme un regard désespéré. Mais ce dernier répète avec une politesse plus inquiétante que tout :

— Marchez, s'il vous plaît.

Cette fois, il n'y a plus d'échappatoire. Judith Appelby joue sa dernière carte. Elle se laisse tomber à terre et montre son pied droit enflé.

— Je me suis foulé la cheville. C'est un accident. Je ne suis pas une vraie boiteuse.

— Marchez!

L'homme sort un long couteau de dessous son pardessus.

— Levez-vous et marchez comme tout à l'heure! Vous aviez si bien commencé...

Judith continue à réfléchir avec la même lucidité. Pour ce malade, la vision d'une femme qui boite déclenche une sorte de délire érotique qui doit se conclure par le crime. En cet instant précis, il est dans un état d'excitation et de frustration intolérables. Si elle se lève et marche, il la tuera : ce sera l'assouvissement... Judith comprend que, d'une certaine manière, elle a un pouvoir sur lui. En ne bougeant pas, en se refusant à son désir, elle reste maîtresse de la situation.

— Non, je regrette, je n'ai pas envie.

L'assassin se met à changer de visage. Il se fait implorant, impatient, comme un petit garçon avec qui on refuse de jouer.

— Je vous en prie, marchez! C'est Noël. Il faut que je rentre chez moi. Ma femme et mes enfants m'attendent...

— Parce que vous avez une femme et des enfants?

— Mais oui. Marchez, je vous prie.

— Non. Parlez-moi de vous d'abord.

Et le tueur des boiteuses de Coventry commence à raconter sa vie dans la neige, face à l'usine à gaz... Judith Appelby n'écoute pas; elle répond par monosyllabes. Elle attend le miracle qui doit la sauver... Enfin, ce n'est pas possible! On a dit à la radio que la police quadrillait toute la ville. Comment pourrait-elle négliger ce terrain vague qui est un vrai coupe-gorge? C'est alors qu'une silhouette s'avance sur le chemin: celle d'une femme qui boite! L'homme quitte Judith pour se précipiter sur elle...

Judith Appelby n'a pas passé son Noël en famille. Après l'arrestation du tueur de boiteuses, dans des conditions particulièrement mouvementées, par l'auxiliaire féminine de police, elle a dû être hospitalisée pour se remettre du terrible choc nerveux qu'elle avait subi. Quant à sa foulure, les médecins y ont à peine fait attention. Ils se sont contentés de la bander en lui disant que c'était peu de chose.

Il est vrai qu'entre la vie et la mort il suffit parfois de peu de chose.

Les yeux

Le Dr. Hermann Geiler n'a pas l'habitude de se coucher tôt. Le soir, après dîner, il s'enferme dans son cabinet pour compléter ses connaissances médicales. Il bénéficie de toute la tranquillité voulue, étant donné que le petit village de Bergen, dans les Alpes Bavaroises, où il a son chalet, est particulièrement calme.

Pourtant, ce 10 mars 1957, aux environs de minuit, il est tiré de sa lecture par des cris en provenance de la route.

– Docteur, venez vite!

Le Dr. Hermann Geiler ouvre sa fenêtre... Sur la route, en contrebas du chalet, il distingue une voiture, moteur en marche, feux allumés. Un homme en sort et extrait du véhicule une personne qui semble mal en point.

– Il est blessé. Il y a eu un accident deux kilomètres plus bas. Occupez-vous de lui.

Le Dr. Geiler crie depuis sa fenêtre:
– Mais qui êtes-vous?

Il n'y a pas de réponse. L'homme qui avait parlé remonte dans la voiture qui démarre en trombe. Le docteur quitte son cabinet pour se porter au secours du blessé.

17

Ce dernier, abandonné sur la route, avance en titubant, se cogne contre un arbre et reste à terre. Le médecin le porte chez lui et l'allonge sur le canapé du salon. C'est à ce moment seulement qu'il se rend compte de son terrible état physique : il est couvert de blessures, ses vêtements sont brûlés et il a de graves brûlures aux bras, à la poitrine et au visage. Mais ce sont les yeux qui semblent les plus atteints. L'homme est très probablement aveugle.

Martha, sa femme, lui apporte sa trousse et des compresses. Hermann Geiler se tourne vers elle :

— Préviens les gendarmes !

Puis il se penche sur le blessé et commence les premiers soins. C'est environ un quart d'heure plus tard que les gendarmes se présentent au chalet. Le lieutenant Friedrich, qui dirige la gendarmerie de Bergen, met le docteur au courant de la situation.

— Nous avons trouvé une autre personne dans la voiture. Morte.

Le praticien ne perd pas de temps.

— Où est le corps ?

— Dans notre camionnette.

Sans un mot, le Dr. Geiler quitte la pièce, laissant les gendarmes avec le blessé. Il revient quelques minutes plus tard.

— Vous allez les porter tous les deux à l'hôpital. Les yeux du mort ne sont pas atteints. La seule chance que le blessé recouvre la vue est de pratiquer une greffe d'urgence.

Les gendarmes soulèvent ce dernier, qui est toujours inconscient. Tandis qu'ils l'emportent, le médecin prend à part le lieutenant Friedrich :

— L'homme a été laissé devant chez moi par un automobiliste qui n'a pas voulu dire son nom et qui a disparu.

Le gendarme note ce détail. Serait-ce le responsable de l'accident ? Pourtant, d'après un examen rapide sur les lieux, il semblerait que la voiture ait perdu le contrôle de sa direction. L'automobiliste mystérieux est sans doute simplement quelqu'un qui ne voulait pas d'histoire avec la police, mais il faudra tout de même élucider ce point.

Pour l'instant, la première tâche des gendarmes est de sauver le rescapé. Sirènes hurlantes, la camionnette fonce dans la nuit...

Une semaine plus tard, le lieutenant Friedrich est au chevet du blessé dans sa chambre d'hôpital. L'homme, d'après les papiers qu'il avait sur lui, s'appelle Franz Erhard. Il habite Munich, tout comme son passager décédé, Martin Groschen. Pour l'instant, Franz Erhard ressemble plutôt à une momie. Il est couvert de pansements et porte un bandeau noir sur les yeux.

Le lieutenant commence par quelques banalités :

– Eh bien, on peut dire que vous avez eu de la chance, monsieur Erhard. Si vous voyiez le tas de ferraille qu'est devenue votre voiture !

Franz Erhard s'assied sur son lit :

– Cela fait du bien d'être en vie. Et Martin, comment va-t-il ?

Le gendarme s'éclaircit la voix :

– Malheureusement, Martin Groschen a été tué sur le coup. C'est d'ailleurs pour cela que je dois faire un rapport détaillé, comme chaque fois qu'il y a une victime.

Franz Erhard a tressailli...

– Ce pauvre Martin... C'est ma faute ! Je ne me le pardonnerai jamais !

Le lieutenant Friedrich lui pose la main sur le bras :

– Calmez-vous monsieur Erhard... Êtes-vous en état de répondre à mes questions ?

Le blessé fait « oui » de la tête.

– C'est bien vous qui étiez au volant ?

– Oui.

– D'après la prise de sang qu'on vous a faite ainsi qu'à la victime, vous aviez pas mal bu tous les deux.

– C'est-à-dire, nous rentrions d'un banquet. Celui de notre association sportive.

Le gendarme hoche la tête.

– Vous souvenez-vous des circonstances exactes de l'accident ?

– Non. Il y a eu un grand bruit, des flammes. Avant, je ne sais pas. Je suppose que j'ai dû m'assoupir.

– Et après ? Vous vous souvenez ?

– J'avais mal. Je ne voyais plus clair. On m'a porté et je me suis retrouvé à l'hôpital.

Le lieutenant Friedrich se penche vers le blessé :

– Un automobiliste vous a transporté dans son véhicule. Vous ne vous rappelez rien à son sujet ?

Franz Erhard secoue sa tête couverte de pansements :

– Non. Franchement pas.

C'est à ce moment que la porte de la chambre s'ouvre. L'officier de gendarmerie a une exclamation enjouée à l'intention du blessé :

– Voici le Dr. Geiler. Je crois que vous pouvez lui dire merci. C'est votre sauveur !

Franz Erhard serre avec effusion la main du docteur :

– Merci docteur ! Et pour mes yeux, ce n'est pas trop grave ? Je pourrai voir bientôt ?

Le Dr. Hermann Geiler a un sourire.

— Très bientôt. La greffe a été une parfaite réussite.

Le blessé a un sursaut :
— Comment cela, la greffe ?
— Oui, je sais. Nous ne vous l'avions pas dit, étant donné votre état. Mais vos deux yeux étaient perdus. Seule une greffe immédiate pouvait vous rendre la vue.

Franz Erhard promène ses mains sur son bandeau :
— Alors je vais voir... avec les yeux d'un mort ?

Le Dr. Hermann Geiler hésite un instant avant de poursuivre.
— Oui. Et vous ne savez pas encore tout. Par-delà la mort, votre ami Martin Groschen vous a fait un cadeau inestimable. Son corps a été amené à l'hôpital en même temps que vous. Le chirurgien a pu prélever ses yeux et pratiquer aussitôt la greffe.

Franz Erhard balbutie quelques mots sans suite. Il est tout à coup pris de tremblements. Il répète :
— Ce n'est pas possible !

Il s'agite de plus en plus. Le Dr. Geiler doit appeler l'infirmière pour qu'elle lui fasse une piqûre calmante...

Le médecin n'est pas trop surpris de cette réaction. Il est vrai que pour beaucoup de personnes les yeux restent un symbole. Il est quelquefois psychologiquement difficile de savoir qu'on a ceux d'une personne qu'on a connue. Mais le docteur ne regrette pas d'avoir dit la vérité au blessé. Il fallait bien qu'il l'apprenne un jour.

le Dr. Geiler pousse un cri... Franz Erhard vient de repousser violemment l'infirmière. Il se lève, va vers la fenêtre et arrache son bandeau. Le médecin se précipite sur lui.

— Mais vous êtes fou! Il ne faut pas toucher à votre bandeau! Si vous voyez la lumière trop tôt, vous risquez d'être aveugle!

Le blessé se débat comme un forcené. Il crie:

— Aveugle! Oui, c'est cela: aveugle!

Il agrippe une petite cuiller et tente de s'en frapper les yeux. Il faut l'aide de plusieurs infirmiers pour le maîtriser.

A présent, Hermann Geiler s'en veut. Il a dit trop tôt la vérité au blessé. Le choc nerveux consécutif à l'accident était plus grave qu'il ne l'avait supposé. Tandis que sous l'effet de la piqûre Erhard sombre enfin dans l'inconscience, il se retire en compagnie du policier...

Le Dr. Hermann Geiler passe le lendemain à l'hôpital prendre des nouvelles du blessé. Dès qu'il entend la voix du médecin, Franz Erhard se met à s'agiter:

— Ah, vous voilà! Vous avez fait du beau travail, vous êtes fier de vous?

Le médecin est aussi apaisant qu'il peut:

— Dites-vous que l'œil n'est qu'une partie du corps humain comme une autre. Si on vous avait greffé un rein, vous n'auriez pas cette réaction. Ne vous inquiétez pas: dans quelque temps, vous n'y penserez plus.

Le blessé, comme mû par un ressort, se dresse sur son lit:

— Si, j'y penserai toujours! Mais pourquoi ne m'avez-vous pas laissé aveugle? Quel besoin aviez-vous de vous mêler de cela?

Le médecin est surpris par la violence persistante de cette réaction:

— Bien sûr, c'était votre ami, mais je ne comprends pas pourquoi vous vous mettez dans un état pareil!

La réponse lui parvient dans un cri :
– Parce que je l'ai tué !
Hermann Geiler reste pétrifié, sans pouvoir prononcer une seule parole. Franz Erhard tend les mains dans sa direction.
– Ces mains avec lesquelles je l'ai tué, vous croyez que je pourrai les voir avec ses yeux ?... Si je me regarde dans la glace, c'est lui qui me regardera. Il me verra toujours, quoi que je fasse et il me dira : « Tu es un assassin ! »
Le Dr. Geiler, totalement désemparé, appelle de nouveau l'infirmière de service pour qu'elle fasse une piqûre au blessé. Il quitte la chambre d'hôpital sans un mot et rentre chez lui dans un état second. Des souvenirs scolaires lui reviennent ; un poème de Victor Hugo : « L'œil était dans la tombe et regardait Caïn » ; le remords qui vous poursuit jusqu'à la mort : c'est exactement cela... C'est en arrivant devant son chalet, à Bergen, qu'il se dit que son devoir est de prévenir les gendarmes.

Le lieutenant Friedrich se précipite à l'hôpital. Jamais il n'aurait supposé qu'il puisse y avoir quelque chose de louche dans cet accident. Seul le mystérieux automobiliste qui avait recueilli le blessé, et qu'il n'a toujours pas retrouvé, lui posait un problème... Une fois dans la chambre, il considère à la fois avec horreur et pitié l'homme entouré de pansements qui gît sur son lit.
– Je pense que vous avez des choses à me dire, monsieur Erhard.
Le blessé semble presque soulagé d'entendre la voix du gendarme.
– Oui. Je vais tout vous dire ! Si au moins cela pouvait me permettre d'oublier !

Franz Erhard avale sa salive avec difficulté.

— Je devais de l'argent à Martin Groschen, beaucoup d'argent : cinquante mille marks. Je l'ai tué parce que je ne pouvais pas le rembourser.

Blessé ou pas, greffe d'yeux ou pas, l'officier de police retrouve ses réflexes professionnels. Il est en présence d'un crime, même si le criminel, et surtout les raisons qui le font avouer, sortent du commun.

— Quand avez-vous conçu le projet de tuer Martin Groschen ?

— Je n'avais rien prémédité, je vous le jure. Nous rentrions du banquet de notre association sportive. Nous avions pas mal bu tous les deux. Il m'a dit « Il y a longtemps que tu aurais dû me rembourser... » Et c'était vrai, il y avait un mois que l'échéance était passée. Je lui ai dit que je ne pouvais pas. Je l'ai supplié, mais il n'a rien voulu entendre. Il a ricané et il a sorti un papier de sa poche : c'était ma reconnaissance de dette. J'étais au volant, je le regardais. Il ricanait toujours : « Si tu ne paies pas avant la fin de la semaine, Franz, je t'envoie en prison ! »

Le lieutenant Friedrich prend des notes. Le blessé s'est tu un instant. On entend le bruit du stylo qui inscrit la dernière phrase.

— Alors, j'ai pensé au feu. Cela a été plus fort que moi. Je me suis dit : il faut que ce papier brûle. Mais comment aurait-il pu brûler si la voiture ne brûlait pas avec ? J'avais bu, je vous le dis...

Franz Erhard s'assied sur son lit, face au policier qu'il ne peut voir.

— Je me suis arrêté. J'ai dit qu'il y avait une panne. Il ne s'est pas méfié quand je suis sorti de la voiture. En fait, je suis allé prendre le cric dans le coffre. Il est sorti à son tour et je l'ai frappé à la tête. Je l'ai replacé sur le siège. Je voulais jeter la voiture dans un ravin. On aurait cru à un accident... J'ai conduit pendant quelques kilomètres. Mais il a subitement repris conscience. Il s'est jeté sur moi. J'ai été totalement surpris. J'ai perdu le contrôle de la voiture et nous sommes rentrés dans un arbre.

Le blessé passe la main sur son bandeau noir.

— Il y a eu un choc. Je ne voyais plus clair mais j'étais encore conscient. Martin, à côté de moi, ne bougeait plus. J'ai fouillé à tâtons dans sa poche. J'ai senti le papier, je l'ai pris. Je suis sorti de la voiture. J'ai marché à quatre pattes sur la route en cherchant le bas-côté. Quand je l'ai trouvé, j'ai creusé la terre avec les doigts et j'y ai mis la reconnaissance de dette.

Franz Erhard se laisse tomber sur son oreiller, épuisé.

— Voilà. Je vous ai tout dit et pourtant je ne me sens pas soulagé... Je ne sais pas à quoi je serai condamné. Mais même si c'est la prison à vie, ma peine je la subis déjà : c'est le Dr. Geiler qui me l'a infligée. Ce sont les yeux de Martin !

Le lieutenant ne se laisse pas impressionner. Il revient aux faits concrets. Il a une dernière question à poser.

— Et cet automobiliste qui vous a recueilli, il n'avait rien à voir dans tout cela ?

Franz Erhard a l'air très las.

— Non, pourquoi voulez-vous ? Ce devait être un type comme tant d'autres qui ne veulent pas perdre leur temps avec les gendarmes.

La greffe pratiquée sur Franz Erhard a été un succès total. Il y voyait presque normalement quand il est passé en jugement, en janvier 1958, devant la cour d'assises de Munich. Les conditions très particulières dans lesquelles il avait fait ses aveux ont sans doute impressionné les jurés, puisqu'ils ne l'ont condamné qu'à dix ans de prison.

Mais Franz Erhard ne redoutait ni le tribunal ni la condamnation quelle qu'elle soit. Sa véritable peine, comme il l'avait dit, c'était le Dr. Geiler qui la lui avait infligée sans le savoir.

Et cette peine-là, Franz Erhard n'a pu la supporter. Six mois après sa condamnation, en juin 1958, on le retrouva pendu dans sa cellule. Il avait les yeux grands ouverts, les yeux de sa victime... Ont-ils suivi dans la tombe ?

Un enfant dans la nuit

Liliane Chenu arpente un quai désert de Dunkerque. Nous sommes le 5 mai 1950 et il est trois heures du matin. Liliane Chenu fait assurément plus que ses trente-cinq ans, avec son maquillage excessif qui dissimule mal des rides précoces. Même si elle ne se trouvait pas sur ce quai en pleine nuit, en train de marcher avec une attitude provocante dans sa robe fendue, on devinerait sans mal sa profession. Liliane Chenu vit de l'amour : c'est écrit sur son visage. Elle est déjà marquée pour la vie... D'ailleurs qui sait qu'elle s'appelle Liliane Chenu, à part les policiers ? Pour tout le monde, cela fait longtemps qu'elle n'est plus que Lili.
– Salut Lili!
Une ombre vient de s'approcher d'elle : c'est Josiane, sa collègue et sa seule amie. Elles ont le même âge et elles sont du même village. Elles l'ont quitté toutes les deux en même temps pour trouver du travail à la ville et elles en ont trouvé, même si ce n'était pas celui qu'elles attendaient. Au début, Lili a eu des regrets, et puis les regrets ont passé avec le temps. Il n'y en a qu'un qui lui revient parfois et qu'elle chasse bien vite de son esprit : celui de ne pas avoir d'enfant...

— Tu rêves, Lili ?

Lili adresse quelques mots à Josiane et elles se séparent... Lili est seule depuis quelques minutes lorsqu'un bruit la fait sursauter. Quelqu'un court dans sa direction, mais ce n'est pas un homme; c'est un bruit plus léger. Une femme peut-être... Elle scrute l'obscurité du quai et, l'instant d'après, la personne qui courait sort de l'ombre. C'est un enfant! Un garçon de onze ans environ, bien habillé. On dirait qu'il porte son costume du dimanche.

Le gamin allait passer près d'elle sans la voir. Lili l'attrape par le bras.

— Pas si vite! Où vas-tu comme ça?

L'enfant tente de se dégager sans répondre.

— Qu'est-ce que tu fais ici à une heure pareille?

Toujours pas de réponse. La voix de Lili se fait plus douce.

— Dis-moi comment tu t'appelles.

Pour la première fois, le gamin lève les yeux vers elle. Lili, malgré le peu de lumière, voit un visage d'enfant sage aux cheveux blonds coupés en brosse.

— Simon, madame.

— Eh bien, Simon, qu'est-ce qu'il t'arrive?

Simon se met à éclater en sanglots. Lili s'installe avec lui sur une caisse près d'un entrepôt et le prend dans ses bras.

— Simon, c'est ton petit nom, mais ton grand nom, c'est quoi?

— Brunet.

— Et tu habites où? Ici, à Dunkerque?

— Non, madame. A Saint-Paul.

Lili connaît Saint-Paul. C'est un gros village, une trentaine de kilomètres à l'intérieur des terres.

— C'est loin, ça! Tu es venu comment? A pied?

Le petit Simon Brunet est secoué de nouveau d'une crise de larmes. Dans l'esprit de la jeune femme, le scénario est évident : il s'agit d'une fugue. A la suite d'une remontrance, l'enfant s'est enfui de chez lui. Et il est allé au port, avec l'idée de s'embarquer comme mousse pour faire le tour du monde. Ce genre de folie est, somme toute, classique chez un garçon de son âge. Mais la réponse n'est pas du tout celle qu'elle attendait.

— Je suis venu en voiture.

Lili a un sursaut. Qu'est-ce que cela veut dire ? Un enlèvement ? Sa voix se fait brusquement inquiète.

— Où sont tes parents ?
— Maman est morte...

La jeune femme serre l'enfant contre elle.

— Il y a longtemps que tu as perdu ta maman ?
— Non, elle est morte tout à l'heure.
— Tout à l'heure ?
— Oui. Elle était malade. Elle toussait tout le temps. Il y avait des docteurs qui venaient à la maison. Et puis, tout à l'heure, elle est morte.
— Et c'est parce que tu avais du chagrin que tu es parti ?
— Je ne suis pas parti. C'est papa...

L'enfant se met à frissonner. Lili lui sourit et le serre un peu plus contre elle.

— Tu n'as pas peur, n'est-ce pas, Simon ? Je suis là pour te défendre. Tu vas me raconter tout depuis le début... Donc, ta maman est morte...
— Oui. Je dormais. C'est papa qui m'a réveillé. Il m'a dit : « Maman est morte. Viens la voir. » Je suis allé dans sa chambre. Elle était dans son lit avec sa belle robe. Elle avait des fleurs dans les cheveux et dans les mains. Alors papa nous a dit de nous habiller. Il m'a dit à moi de mettre mon costume des dimanches.
— Qui ça « nous » ? Tu as des frères et sœurs ?
— Une sœur et deux frères.

— Ils sont plus petits que toi ?
— Ma petite sœur a huit ans. Mes petits frères ont trois et cinq ans.
— Alors, tu as été t'habiller...
— Oui. Je suis allé dans ma chambre. J'ai attendu longtemps. Papa est venu. Lui aussi, il avait mis son beau costume. Il donnait la main à mes frères et à ma sœur. Il m'a dit : « On va dans la voiture. »
— Pour aller chez quelqu'un ?
— Non.
— Pour aller où alors ?
— Je l'ai demandé à papa dans la voiture. Il m'a répondu : « On va à la mer. »
— Il ne t'a pas dit pourquoi ?
— Non.
— Et vous êtes venus à Dunkerque ?
— Je ne sais pas...
— Tu ne sais pas qu'on est à Dunkerque ici ? Tu n'as pas reconnu ?
— Non.
— Tu n'y étais jamais venu avant ?
— Si. Pour la kermesse, mais je n'ai pas reconnu...
— A ton avis, pourquoi ton papa est venu à Dunkerque ? Pour voir quelqu'un ?
— Non. On ne connaît personne. Je crois... que c'est pour se noyer dans la mer.
— Il te l'a dit ?
— Non. Mais je le crois...
— Comment as-tu fait pour t'échapper ?
— L'auto a crevé. Papa est descendu pour regarder le pneu, alors je suis parti. Il ne m'a pas vu. Ma sœur et mes frères dormaient. Quand j'ai été assez loin de l'auto, j'ai couru.

Lili se lève brusquement. Face au danger, elle garde tout son sang-froid. Si le père a quitté sa femme morte, en voiture avec ses enfants, pour aller dans un endroit où il ne connaît personne, c'est forcément qu'il a perdu la raison et qu'il s'apprête à commettre un acte irréparable. Il n'y a pas d'autre explication. Elle se penche vers Simon.

– Elle est loin, la voiture ?
– Je ne sais pas...
– Tu as couru longtemps ?
– Pas très.
– C'est dans quelle direction ?

L'enfant a un geste vers l'endroit où il est apparu.

– Par là...
– Viens avec moi.

Lili l'entraîne rapidement. Elle appelle :

– Josiane ! Viens vite !

Elle pousse un soupir de soulagement en entendant la voix de sa collègue dans le lointain.

– C'est toi Lili ? Il se passe quelque chose ?
– Viens vite. C'est grave.

Quelques instants plus tard, Josiane est devant elle. Elle la met brièvement au courant de la situation et la voit blêmir.

– Il faut prévenir les flics !
– Oui. C'est toi qui vas le faire. Mais ce n'est pas suffisant. Ce n'est pas si long de changer une roue. Nous arriverons trop tard. Je pense que le père veut aller sur la jetée.
– Alors, qu'est-ce qu'on peut faire ?
– Je te confie Simon. J'y vais.
– Tu as une idée pour l'empêcher ?
– Non, aucune...

D'un geste vif, Lili se débarrasse de ses chaussures à talons aiguilles et elle disparaît en courant pieds nus sur le quai obscur.

Pendant longtemps c'est le désespérant spectacle des rues vides, mais soudain, son cœur fait un bond :

là-bas, une voiture est arrêtée sous un réverbère. Un homme est penché à l'arrière. Pas de doute, c'est le père de Simon!

Elle se force à marcher calmement pour reprendre son souffle et s'approche d'une manière aussi naturelle que possible. Elle n'a pas la moindre idée de ce qu'elle va faire. Elle sait simplement qu'elle doit sauver d'une mort affreuse ces trois malheureux enfants : la sœur et les deux frères de Simon qui dorment dans la voiture. D'un seul coup, elle a oublié les déceptions et les humiliations que la vie lui a réservées. Quoi qu'il arrive par la suite, si elle réussit, son modeste passage sur terre aura eu un sens...

L'homme se redresse après avoir donné un dernier tour de manivelle. Il prend la roue crevée et va la remettre dans le coffre. Il était temps! Lili s'avance en souriant. Il a un sursaut en voyant une professionnelle.

— Oh non! Fichez-moi la paix!

Lili accentue son sourire. Ce qui compte, c'est de gagner du temps.

— On fait un tour en voiture?

Le père de Simon la bouscule et tente de monter dans le véhicule. Lili s'interpose. Il faut jouer le tout pour le tout.

— Vous n'avez pas le droit!
— Comment?
— Vous n'avez pas le droit de tuer vos enfants. Ils n'ont rien fait!

L'homme la regarde, l'air éberlué. Il est grand et maigre, avec les cheveux coupés très court et le visage anguleux. Simon ne lui a pas dit sa profession, mais elle parierait qu'il est militaire. Il a des yeux gris qui prennent soudain un éclat impitoyable. Pourtant, Lili n'éprouve aucune peur.

— Comment savez-vous cela ?
— C'est Simon qui me l'a dit. Il est en sécurité.

L'homme se retourne vers sa voiture et pousse un cri de rage en constatant que son aîné a disparu. Il revient vers elle, les mains en avant.

— Je vais... Je vais vous...
— Vous allez me répondre ! Vous n'avez pas le droit de refuser de vous expliquer. C'est trop facile !

Désarçonné par son calme, le père de Simon s'immobilise. Il la regarde de nouveau avec, cette fois, les yeux vagues.

— Je ne veux pas qu'il leur arrive la même chose qu'à moi.
— Qu'est-ce qu'il vous est arrivé ?
— J'ai perdu ma mère à l'âge de sept ans. Je ne m'en suis jamais remis. Un père ne peut pas élever ses enfants seul. Le mien n'a pas pu. Je ne pourrai pas non plus... Non, croyez-moi, je dois leur éviter cela. Pour eux, ce sera une délivrance.

Comme s'il estimait que, ayant apporté une réponse satisfaisante, la conversation était terminée, l'homme s'installe au volant. Lili sait qu'elle doit dire encore quelque chose, n'importe quoi.

— Et Dieu ? Vous avez pensé à Dieu ?
— J'avoue que non. Mais je suis sûr qu'il m'approuve.
— Eh bien, moi, pas. Quelle idée vous vous faites de Lui pour croire une chose pareille ?
— Quelle idée je me fais de Dieu ?
— Oui...

Et, à trois heures et demie du matin, dans une rue déserte près du port, Lili, la prostituée dunkerquoise, parle de Dieu. Elle dit tout ce qui lui passe par la tête. Elle n'a qu'une seule pensée : les trois petits êtres qui sont au fond de la voiture et que la conversation n'a même pas réveillés...

Le car de police arrive sans sirène. Lorsque l'homme s'en aperçoit, il est trop tard. D'un rapide tête-à-queue, le véhicule lui bloque le passage. La route de la jetée, la route de la mort est barrée...

Tandis qu'on emmène le père de Simon, vociférant et gesticulant, visiblement dans un état de folie complète, Josiane et Simon sortent du car. Simon s'approche de Lili. Il la regarde avec désespoir.

— Tu ne vas pas nous laisser tout seuls ?

Lili le regarde à son tour, comme elle aurait regardé l'enfant qu'elle n'aura jamais.

— Je dois m'en aller. Mais je vais revenir.
— Quand ?
— Bientôt, Simon. Très bientôt.

Et Lili disparaît dans une rue sombre du port de Dunkerque, en courant, pieds nus...

Meurtre en public

L'officier de police William Dray arrive dans son bureau, comme tous les jours à 8 heures, ce 14 mars 1964. Depuis un peu plus d'un an, William Dray a été affecté dans un commissariat de Queens, une banlieue résidentielle de New York.

Policier à New York, ce n'est pas un travail de tout repos, même si le quartier de Queens n'atteint pas les records de criminalité de Manhattan ou du Bronx. Mais les meutres y sont quand même chose courante, aussi William Dray ne manifeste-t-il pas de réelle surprise quand l'un de ses adjoints vient lui annoncer :

– Du travail pour vous, lieutenant. Un meurtre cette nuit à Austin Street. Une jeune femme de vingt-sept ans, Kitty Holden. Elle a été attaquée en rentrant chez elle, à 3 heures et demie, le coup classique quoi! Le corps est à l'hôpital Saint-Patrick.

Le lieutenant Dray répond sur un ton professionnel... Tout cela fait partie de la routine.

– Je vais la voir. Ensuite, il faudra me convoquer l'agent qui a fait les premières constatations.

A la morgue de l'hôpital Saint-Patrick, le lieutenant examine la victime. « Dommage, pense-t-il. C'était une jolie fille. » Brune, grande, élancée mais bien proportionnée, elle devait être très agréable à regarder... Elle devait, car le spectacle est franchement pénible. Tout indique le calvaire qu'a subi la malheureuse. Sans attendre les conclusions du médecin légiste, William Dray constate que la mort est due à plusieurs coups de couteau; il en note au moins une dizaine. De plus, la victime, avant de mourir, a dû se débattre d'une façon acharnée, désespérée : ses vêtements sont en lambeaux, ses mains profondément entaillées, ses genoux couverts d'écorchures comme si elle avait rampé pendant longtemps avant de s'écrouler.

Malgré son endurcissement, William Dray a une grimace de dégoût : un crime sauvage et particulièrement révoltant.

De retour dans son bureau, il trouve le policier qui a effectué les premières constatations.

— On a été appelé à 3 heures 35, lieutenant. La victime était dans le hall de son immeuble, 1023 Austin Street. Elle est morte dans l'ambulance. Elle avait garé sa voiture, une Volkswagen verte, trois cents mètres plus bas au parking de Kew Gardens. C'est là que le gars l'a attaquée; on a retrouvé des traces de sang et ses chaussures. A ce moment-là, elle a dû s'échapper, mais l'homme l'a rejointe un peu plus loin devant un magasin de vins et alcools. Sur le trottoir, il y a de nouvelles traces de lutte. L'assassin a dû penser qu'il l'avait tuée et s'en aller, car elle a encore trouvé la force d'arriver jusqu'à chez elle en rampant : il y a des empreintes de mains sanglantes sur le trottoir. Elle est arrivée dans le hall du 1023 Austin Street. C'est là que le meurtrier est revenu encore une fois et l'a achevée.

Le lieutenant Dray fait de nouveau la grimace. Vraiment un crime affreux! Maintenant, il ne lui reste plus qu'à chercher des témoins...

Austin Street – où il arrive peu après – est réellement un des endroits les plus agréables de New York. L'avenue est bordée d'arbres, les trottoirs sont spacieux, bien entretenus, les immeubles confortables. On n'a pas cette sensation d'écrasement et de laisser-aller qu'on ressent dans les autres quartiers de la ville.

Le lieutenant Dray gare sa voiture sur le parking de Kew Gardens, à côté de la Volkswagen verte de Kitty Holden. A pied, il parcourt le trajet jusqu'au 1023 en essayant d'imaginer ce qui s'est passé il y a juste quelques heures. L'avenue est calme comparée à d'autres artères de New York. La nuit, pense le lieutenant, il doit y avoir moins de trafic; quelqu'un a sûrement entendu des cris. Et quelqu'un a sûrement vu quelque chose, car les arbres n'ont pas encore de feuilles et Austin Street est particulièrement bien éclairée par de puissants lampadaires espacés d'une trentaine de mètres.

Il est l'heure du déjeuner; William Dray se dit qu'il a des chances de trouver pas mal de gens chez eux. Alors, il revient à son point de départ et sonne à un appartement de l'immeuble situé juste en face du parking.

Un homme d'une trentaine d'années, plutôt corpulent, en chemise et bretelles, vient ouvrir. Il a sa serviette de table nouée autour du cou.

– Police. J'aimerais vous poser quelques questions.

L'homme examine, d'un œil soupçonneux, la carte que lui tend William Dray.

– Eh bien, entrez lieutenant. Mais vous savez, pour l'assassinat de cette nuit, on n'a pas vu grand-chose, maman et moi.

– Parce que vous êtes au courant?

– Ben, comme tout le monde, quoi...

– Comment ça, « comme tout le monde » ?

Une femme d'un certain âge, avec d'énormes bigoudis sur la tête, fait irruption dans l'entrée.

– Laisse-moi répondre, Michael ! Michael, c'est mon fils. Je vis seule avec lui depuis mon divorce... Il était trois heures quand Michael m'a réveillée. Il m'a dit : « M'man, il y a des gens qui se battent. »

William Dray a un haut-le-corps.

– Trois heures ! Vous en êtes sûre ? Mais la police n'a été appelée qu'à trois heures trente-cinq !

– Sûre et certaine, lieutenant, j'ai regardé la pendule. Ça se passait sur le parking. Il y avait une voiture blanche, les portières ouvertes et les phares allumés, près d'une Volkswagen verte ; un homme et une femme se battaient. L'homme, c'était un Noir, ça j'en suis certaine.

– Et vous n'avez pas entendu de cris ?

– Si, si. La femme criait sans arrêt : « Oh, mon Dieu, il m'a frappée, à l'aide, à l'aide ! »

– « Poignardée », maman, elle disait « poignardée ».

– Oui, tu as raison mon chéri, elle disait : « Il m'a poignardée. » Alors, j'ai dit à Michael : « Surtout ne te mêle pas de ça. » C'est vrai, un mauvais coup est si vite arrivé. Je lui ai même dit d'éteindre la lumière. C'est que l'autre aurait pu nous voir et on ne sait jamais.

Le lieutenant regarde l'être qu'il a en face de lui. La femme lui parle tranquillement, en guettant son approbation. Il s'efforce de garder tout son calme.

– Votre fils a dit : « Tout le monde était au courant »...

– Forcément. Quand il y a eu les cris, les gens se sont réveillés et ont allumé. Il y a même un homme qui a ouvert sa fenêtre dans l'immeuble à côté et qui a crié : « Laissez cette femme. » Du coup, le Noir est parti.

— Et alors ?

— L'homme a refermé sa fenêtre. Quand il ne l'a plus vu, le Noir est revenu et il a rejoint la fille. Mais c'était plus haut dans la rue ; on voyait moins bien.

William Dray parle d'une voix glaciale.

— Madame, avez-vous le téléphone ?

La femme le considère sous ses bigoudis.

— Oui, pourquoi ?

Cette fois, Dray ne peut plus se retenir. Il explose :

— Pour appeler la police !

— Ben, on croyait que les autres l'avaient fait, n'est-ce pas Michael ? Lieutenant, j'espère qu'on n'aura pas d'ennuis ! Lieutenant... Lieutenant...

Le lieutenant Dray est déjà dans l'escalier. Il a une envie irrésistible de fuir. Mais il doit continuer son enquête.

Dans l'immeuble suivant, l'homme qui avait crié de sa fenêtre lui confirme les faits.

— Quand j'ai vu ce qui se passait, j'ai dit à l'autre de laisser la fille tranquille. Et il est parti. Il n'a pas insisté.

— Si, il a insisté ! Il est revenu quelques minutes plus tard. Et à ce moment-là, vous n'avez rien entendu ?

— C'est-à-dire... J'étais allé me coucher. Je commence mon travail à six heures et demie, alors, il faut comprendre...

Et le lieutenant Dray continue à parcourir le chemin de croix qui a été celui de la malheureuse Kitty Holden quelques heures auparavant. Au fur et à mesure qu'il appuie aux sonnettes, que les portes s'ouvrent, ce sont les mêmes sourires gênés, les mêmes phrases embarrassées. Il sent le dégoût monter en lui, le dégoût et la honte. Tous, ils étaient tous témoins ! Le meurtre s'est passé pour ainsi dire en public et pas un n'a décroché son téléphone pour appeler la police!

Quand il arrive devant l'immeuble situé en face du magasin de vins et alcools, là où l'agresseur a attaqué sa victime pour la deuxième fois, il a perdu toute retenue. Il carillonne à l'appartement du premier étage sur rue. Il se précipite à l'intérieur en bousculant presque les occupants. C'est un couple de retraités. Dans le salon, la télévision, qu'ils étaient en train de regarder, est branchée. D'un geste, William Dray tire les rideaux et ouvre la fenêtre.

– Ne me dites pas que vous n'avez rien vu, rien entendu! C'était allumé chez vous comme ailleurs. Ça s'est passé sous vos yeux, à vingt mètres, à moins de vingt mètres. Regardez, d'ici on voit encore une tache de sang!

Les deux vieilles gens se serrent l'un contre l'autre au fond de la pièce. Ils sont terrorisés. L'homme se décide à parler.

– Il ne faut pas nous en vouloir. Ici, c'est un quartier respectable. Nous ne voulons pas d'histoire. Alors, les scènes de ménage...

William Dray hurle comme un fou.

– Scène de ménage! Parce que vous n'avez pas vu que l'homme frappait avec un couteau? Osez me dire que vous n'avez pas vu le couteau et je vous arrête immédiatement pour faux témoignage!

L'homme tremble de tous ses membres. Il avale sa salive avec difficulté.

– Si... nous avons vu le couteau.
– Combien de fois a-t-il frappé?
– Je ne sais pas... cinq, six fois.
– Et la femme, vous ne l'avez pas entendue? Elle ne criait rien pendant ce temps-là?
– Si, elle criait : « Au secours, il me tue! » Mais

nous sommes des citoyens honnêtes, lieutenant... Nous payons nos impôts. J'ai fait la guerre, lieutenant...

Le lieutenant William Dray est parti en claquant la porte. Pour la première fois de sa vie, il a envie de tout laisser tomber, de donner sa démission de la police et de s'en aller très loin pour faire n'importe quoi d'autre. Mais il faut aller jusqu'au bout, parcourir jusqu'au bout cette ignoble Austin Street, aller jusqu'au bout de la bassesse et de la lâcheté humaines.

William Dray se dirige vers le 1023, là où habitait Kitty Holden, là où a eu lieu le point final de son martyre. Il va interroger la dernière personne, celle qui a enfin appelé la police, la concierge du 1023.

En pénétrant dans la loge, le lieutenant Dray s'assied sur le divan sans en avoir été prié. Il est las, il est à bout. Devant lui, une femme sans âge. Elle se tient debout; elle attend ses questions.

– C'est vous qui avez prévenu la police ? Eh bien, racontez-moi !

– J'ai vu Miss Holden arriver dans le hall. Elle se traînait, c'était affreux. Elle perdait son sang.

– Et qu'avez-vous fait ?

– Presque tout de suite après, l'homme est arrivé, il s'est jeté sur elle...

– Presque tout de suite après : cela veut dire combien de temps ?

– Je ne sais pas moi, une minute ou deux.

– Et pendant ce temps-là, vous n'avez pas appelé la police ? Vous n'avez pas essayé de la secourir ?

– J'entendais la voiture qui tournait dans la rue. J'avais peur. Je savais qu'il était armé.

Dans la voix du lieutenant Dray, il n'y a plus de révolte. Il est au-delà de la révolte.

– Vous avez donc attendu que son assassin

l'achève et s'en aille, pour prévenir la police. C'est bien ça ?

– Il faut comprendre... J'avais peur qu'il ne me tue aussi. Cet homme-là, il m'aurait tuée aussi bien qu'elle. Après avoir téléphoné, je suis sortie. J'ai pris la petite dans mes bras. Je lui ai dit qu'il ne fallait pas sortir toute seule le soir, qu'elle n'aurait pas dû. Je crois qu'elle ne m'entendait pas. Elle ne m'a rien dit en tout cas...

Le lieutenant William Dray ne cache rien dans son rapport et il convoque même les journalistes. Il leur dit qu'une jeune femme a été assassinée en public, devant des dizaines de témoins qui n'ont rien fait pour la sauver.

Le lendemain, toute la presse américaine titre sur « La honte d'Austin Street ». On évoque la mentalité des grandes villes et, en particulier, de New York ; la peur et l'égoïsme des gens qui s'enferment derrière leurs murs et qui se bouchent les yeux et les oreilles quand un drame se déroule à leur porte. Les autorités gouvernementales s'émeuvent et font des proclamations à la télévision pour inciter leurs compatriotes à un minimum de civisme.

Quant à William Dray, il continue son enquête. Les témoignages ont établi que la voiture de l'assassin était de marque Valiant et les Valiant blanches immatriculées à New York appartenant à un Noir ne sont pas si nombreuses. Pendant plusieurs jours, des vérifications ont lieu dans la ville et l'État de New York. Sans résultat. William Dray pense alors que le criminel a pu s'enfuir dans un autre État ou même à l'étranger. La police fédérale prend donc le relais sur toute l'étendue des États-Unis et, quinze jours plus tard, un dénommé

David Stewart est appréhendé en tentant de passer la frontière mexicaine. Après un long interrogatoire, il reconnaît être l'assassin de Kitty Holden.

Une semaine plus tard, le lieutenant Dray a en face de lui le meurtrier d'Austin Street. L'homme est sans grand intérêt. Il a l'air plutôt borné et pas très équilibré. Mais ce n'est pas la personnalité de l'assassin qui intéresse William Dray, c'est ce qu'il lui dit.

Au fur et à mesure qu'il enregistre ses aveux officiels, il sent de nouveau monter en lui la rage et l'indignation qu'il avait ressenties quelques semaines plus tôt en parcourant un à un les numéros de cette rue si calme et si « comme il faut » de New York...

Voici les aveux de David Stewart, assassin de Kitty Holden, faits devant le lieutenant de police William Dray :

– Ça m'a pris tout d'un coup. J'ai eu envie de tuer, c'était plus fort que moi. J'étais en voiture et je cherchais une victime. J'ai vu une femme qui garait sa voiture à Kew Gardens. Je me suis arrêté, je l'ai rattrapée. J'ai sorti mon couteau et j'ai commencé à la frapper. À ce moment, un gars est sorti à sa fenêtre et a crié : « Laissez-la tranquille » ou quelque chose comme ça. J'ai eu peur. J'ai cru que la police allait venir. Je me suis arrêté. Et puis le gars a disparu de sa fenêtre, sa lumière s'est éteinte. Alors, j'ai couru, j'ai rattrapé la fille et je l'ai frappée. Je suis remonté dans ma bagnole et puis, en route, j'ai pensé qu'après tout elle était peut-être pas morte et j'ai fait demi-tour. J'avais bien compris que les gens, à leurs fenêtres, s'en foutaient et qu'ils ne diraient rien. Alors je l'ai liquidée, voilà.

Voilà... David Stewart a été condamné à mort, puis grâcié et, peu à peu, tout le monde a oublié. Tout le monde, sauf William Dray. Quand il est de service de nuit, ses collègues l'entendent souvent murmurer en regardant le téléphone muet :

— Mais pourquoi, pourquoi n'appellent-ils pas ?

La fête de la bière

La fête de la bière de Karlstein, en Bavière, ne vaut pas celle de Munich, mais elle attire tout de même, au cours de la première semaine d'octobre, une bonne dizaine de milliers de participants. C'est le cas, ce 3 octobre 1978. La fête de la bière bat son plein et, peut-être à cause de la douceur exceptionnelle du temps, tous les records d'affluence sont battus. Les organisateurs se frottent les mains : c'est une belle réussite !

Un qui ne se frotte pas les mains, c'est le commissaire Ludwig Brenner. Pour lui, la fête de la bière, c'est le plus mauvais moment de l'année, celui où il a le plus de travail et du travail pas très agréable.

Il est près de deux heures du matin... Le commissaire Ludwig Brenner fend la foule avec impatience. Il déteste cette ambiance, ces ivrognes titubants qui ne voient rien, n'entendent rien et braillent n'importe quoi. Il déteste cette musique vulgaire qu'on dit typiquement allemande et qui vous donne honte d'être allemand et d'ailleurs, pardessus tout, il déteste la bière.

Le commissaire Brenner est arrivé sur les lieux où on l'a appelé : une immense tente juste un peu plus petite qu'un chapiteau de cirque, à l'enseigne d'une marque de bière connue. Deux hommes l'attendent à la porte. L'un d'eux s'approche de lui. Il a l'air terriblement contrarié. C'est le patron de la brasserie.

– Un incompréhensible malheur, monsieur le commissaire. J'ai pris sur moi de faire transporter la personne dans ma roulotte.

Sans mot dire, le commissaire Brenner lui emboîte le pas tandis que l'autre personnage s'approche.

– Je suis médecin. J'étais dans la salle quand cela s'est produit. Un consommateur s'est écroulé avec sa chope pleine. Je me suis précipité. Il était mort. Je l'ai examiné. J'ai pensé évidemment à une crise d'apoplexie, mais pas du tout. Il s'agit d'un empoisonnement au cyanure.

Le commissaire Brenner a un haut-le-corps.
– Vous êtes sûr de ce que vous dites?
– Absolument, vous allez voir.

Les trois hommes sont arrivés dans une roulotte de grandes dimensions, située derrière le chapiteau. Sur un lit de camp, il y a une forme allongée : un homme blond d'une trentaine d'années.

– Vous voyez? La coloration bleue des lèvres ne laisse aucun doute. De plus, la bouche dégage une odeur caractéristique.

Le commissaire Ludwig Brenner enregistre ces informations avec stupéfaction. D'habitude, à la fête de la bière, ce sont des rixes entre ivrognes à coups de couteau, exceptionnellement par arme à feu. Mais un empoisonnement au cyanure – comment dire? – cela ne cadre pas. C'est un meurtre raffiné, sophistiqué...

Il demande :
– On connaît l'identité de la victime?
Le patron intervient :

— Je me suis permis de regarder ses papiers. Il s'appelait Fritz Einsberger, vingt-cinq ans. C'est tout ce que je peux dire.

— Il n'avait aucune connaissance dans la salle ?

— Non, j'ai fait faire une annonce par haut-parleur, disant qu'il avait eu un malaise. Personne ne s'est manifesté. Il devait être venu seul.

— Et le personnel n'a rien vu ?

— J'ai interrogé les serveurs et les musiciens. Ils n'ont rien remarqué. Vous savez, avec cette foule...

Le patron de la brasserie n'a pas le temps d'en dire davantage. Un agent de police fait irruption dans la roulotte.

— Monsieur le commissaire, on m'a dit que je pouvais vous trouver ici... Il faut que vous veniez tout de suite au stand d'en face. Il y a un mort. Un médecin a examiné la victime. Il s'agirait d'un empoisonnement au cyanure.

Le commissaire Brenner pousse un juron. Cela n'est pas dans ses habitudes, mais il y a de quoi. Il est en effet en train de se produire quelque chose d'incroyable. Une main criminelle a choisi de verser son poison au milieu de ces ivrognes inconscients, dans la bousculade, la fumée et le vacarme. Parmi les quelque dix mille buveurs de la fête de la bière, s'est glissé un assassin et il n'y a pas une seconde à perdre pour l'empêcher de frapper de nouveau...

Quelques instants plus tard, Ludwig Brenner est dans l'arrière-salle du stand d'en face. La scène est la réplique de la précédente : une forme allongée sur un lit de camp. Encore une fois, c'est un homme blond entre vingt-cinq et trente ans ; les lèvres ont la même coloration bleue caractéristique.

A côté du mort, se trouvent également le patron de la brasserie et un médecin, qui a fait les premières constatations. La seule différence est qu'il y a un quatrième personnage, un jeune homme qui doit avoir vingt ans. C'est vers lui que se dirige le commissaire.

– Qu'est-ce que vous faites ici, vous?

– Je crois que j'ai vu des choses intéressantes.

– L'assassin?

– Oui, je pense... Tout à l'heure, alors que j'étais seul à une table, j'ai été abordé par un individu qui m'a tendu une chope pleine en me disant : « Je vous l'offre, buvez à ma santé! C'est mon anniversaire. »

– Comment était-il?

– Pas le genre qu'on voit ici? Il était très bien habillé. On aurait même dit un aristocrate ou quelque chose comme cela. Il était plutôt petit, le crâne dégarni et des cheveux gris sur les tempes.

– Quel âge lui donnez-vous?

– Il a soixante ans... Enfin, c'est ce qu'il m'a dit. Comme je ne répondais pas, il a insisté : « Buvez à ma santé, j'ai soixante ans aujourd'hui. »

– Et vous avez refusé?

– Oui, j'ai pensé qu'il avait des... intentions déplacées. Je l'ai envoyé promener. Alors il s'est éloigné et a abordé quelqu'un d'autre; justement la personne qui est morte.

– Quand vous avez vu cela, vous n'avez pas essayé de l'attraper?

– Si, mais il y a eu une bousculade. Il m'a échappé.

Le commissaire Brenner réfléchit intensément. L'affaire avance rapidement et elle prend un tour de plus en plus extravagant. Cet aristocrate grisonnant qui tue au cyanure semble sorti tout droit d'un film. De plus, il frappe visiblement au hasard, puisque, après le refus du jeune homme, il est allé proposer sa chope empoisonnée au premier venu.

En tout cas, il n'y a pas une minute à perdre. Par

téléphone, le commissaire Ludwig Brenner demande tous les renforts disponibles à Karlstein et dans les villes environnantes. Avec les quelques agents dont il dispose, il fait aussitôt surveiller les portes de la fête. Lui-même parcourt les stands, à la recherche du sexagénaire meurtrier...

Sept heures du matin. Les buveurs sont partis et la fête de la bière de Karlstein est terminée. Elle a fermé avec deux jours d'avance en raison des événements. Un capitaine de gendarmerie vient faire son rapport au commissaire Brenner, qui a installé son P.C. dans une des brasseries.
— Rien à faire, commissaire. Mes hommes ont tout fouillé. L'homme s'est envolé. Et il y a pire....
— Une nouvelle victime ?
— Non, deux. On a ramassé tous les ivrognes qui cuvaient leur bière, mais deux d'entre eux ne se réveilleront pas... Cyanure.

Le commissaire Brenner est blême. Après cette nuit de cauchemar et au milieu des odeurs écœurantes de bière, il se sent prêt à défaillir.
— Où les a-t-on retrouvés ?
— Tous les deux dans l'allée centrale. Si vous voulez mon avis, notre homme a quitté la fête tout de suite après son second meurtre. Il savait que cela devenait trop dangereux pour lui. Mais en chemin, il n'a pas pu s'empêcher de remettre cela. Il s'est approché d'un homme titubant et lui a proposé de trinquer.
— Oui, c'est sans doute ainsi que cela s'est passé...

Le commissaire Brenner se lève pesamment. Brusquement, il se sent pris de compassion pour ces ivrognes qui lui faisaient tant horreur la veille. Après tout, la vie est-elle toujours si drôle pour qu'on n'ait pas envie de temps en temps de l'oublier dans la bière ? Face à cet assassin impitoyable, tous ces malheureux buveurs perdus dans l'alcool étaient aussi faibles et vulnérables que des enfants.

Le capitaine de gendarmerie suit le commissaire dans les allées désertes de la fête.

— Et maintenant, que comptez-vous faire ?

— Interroger l'ordinateur.

— Vous ne pensez pas qu'il serait plus urgent... ?

— De mettre en place des barrages ? De faire des fouilles systématiques ? Non, l'oiseau s'est envolé. Il est bien en sécurité chez lui et nous ne le trouverons pas de cette manière.

— Et que comptez-vous demander à l'ordinateur ?

— La liste des habitants de la région nés le 3 octobre 1918.

— Parce que vous croyez vraiment à cette histoire d'anniversaire ?

— Pas à cent pour cent, mais c'est le seul fil conducteur que nous ayons...

C'est le soir même que le commissaire Ludwig Brenner reçoit dans son bureau la liste informatique. Ils ne sont pas nombreux à être nés un 3 octobre 1918 dans Karlstein et sa région et à être en vie. C'était encore la guerre, les classes creuses. Il y a tout juste une vingtaine de noms. Mais le commissaire n'en voit qu'un et ressent un choc : Karl Hoffmann, le milliardaire, Karl Hoffmann, le patron des aciéries Hoffmann, figure sur la liste. L'ordinateur, avec l'impartialité des machines, l'a placé à l'ordre alphabétique, suivi de son adresse : « Château d'Oberthoff. »

Le commissaire Brenner quitte son bureau et monte dans sa voiture. Il va se rendre là-haut, sur cette colline escarpée qui domine Karlstein. Il va se rendre au château d'Oberthoff, fierté de tous les habitants de la région... Pourquoi a-t-il la certitude que c'est le milliardaire qui est le coupable et pas quelqu'un d'autre ? Peut-être parce qu'il se dit qu'une histoire commencée d'une manière aussi extraordinaire ne peut avoir qu'un dénouement extraordinaire...

Sur le perron du château, le commissaire est accueilli par un domestique et il a la surprise de s'entendre dire, avant même qu'il ait ouvert la bouche :

– Vous êtes de la police ?
– Oui, mais...
– Alors, suivez-moi. Monsieur vous attend.

Après avoir traversé un interminable couloir, Ludwig Brenner arrive dans une vaste pièce aux murs couverts de portraits des siècles passés. Derrière un bureau, un homme de petite taille, au crâne dégarni et aux tempes grisonnantes : malgré la bière qu'il avait bue, le témoin en avait fait une description fidèle. Le policier se présente et demande d'une voix douce :

– Vous m'attendiez, M. Hoffmann ?
– Oui. Après l'imprudence que j'ai commise en parlant de mon soixantième anniversaire, je savais que, tôt ou tard, vous arriveriez jusqu'à moi. J'avoue que je ne pensais pas que ce serait si vite. Je vous fais tous mes compliments !
– Donc, vous ne niez pas...
– Être l'assassin de la fête de la bière ? Non, c'est bien moi.

Le commissaire regarde cet homme aux mains fines, au visage agréable, qui est parfaitement à l'aise dans ce cadre écrasant, entre les portraits de ses ancêtres. Il y a un moment de silence et il prononce enfin la question que semble attendre son interlocuteur :

51

– Pourquoi ?

Karl Hoffmann a un brusque sourire.

– Mais vous avez la réponse : parce que c'était hier mon soixantième anniversaire.

– Je ne comprends pas...

– C'est pourtant simple. Vous savez qui je suis, qui est ma famille. Depuis que j'existe, j'ai tout eu. Mais pour mes soixante ans, j'ai eu une envie folle : m'offrir quelque chose de totalement nouveau pour moi. C'est alors que j'ai pensé à un meurtre.

Le milliardaire fixe le policier de ses yeux gris aussi distingués que le reste de sa personne.

– Je ne vous ennuierai pas avec des considérations privées. Sachez seulement que ma femme est morte il y a trois ans et que nous n'avions qu'un fils qui a été tué lors de la dernière guerre. Dans ces conditions, rien ne m'empêchait de m'offrir ce cadeau... un peu spécial.

Tout cela a été dit avec une décontraction parfaite et même une sorte de délectation. Le commissaire Brenner, qui n'est pourtant pas un débutant, n'en croit pas ses oreilles.

– Vous avez tué ces quatre malheureux uniquement pour vous faire plaisir ?

– Franchement, croyez-vous que le type d'individus qu'on rencontre à la fête de la bière mérite vraiment de vivre ?

– Oui, bien sûr !

– Moi pas... et c'est sur ce différend que nous allons nous quitter. Car vous ne pensiez pas qu'après mes empoisonnements de cette nuit j'allais en rester là.

Le commissaire Brenner a compris et se précipite, mais c'est trop tard : Karl Hoffmann a porté la main à sa bouche et tombe à la renverse sur le tapis. Le commissaire se penche sur lui : il a les lèvres bleuies et sa bouche exhale une odeur caractéristique.

La fête de la bière de Karlstein avait fait sa dernière victime.

L'homme en noir

Kevin O'Neil court droit devant lui... Il court depuis dix minutes environ. Il ne sait pas où il va. Il ne sait pas où il est. Il a sans doute quitté le centre de Dublin et il a vaguement conscience de se diriger vers le port. On n'y voit pas à dix mètres : la neige tombe en véritable tempête, cette nuit du 20 janvier 1930.

Kevin O'Neil s'arrête pour reprendre haleine. Il s'appuie sur un réverbère. A quarante-cinq ans, il est fort bel homme, distingué surtout ; élancé, blond, le visage long et fin, il porte avec beaucoup d'élégance son costume de soirée et sa cape noire. Après avoir inspiré une dernière bouffée d'air glacé, il se remet à courir, droit devant lui. L'important est d'échapper à l'autre, avec qui il s'est trouvé nez à nez à la sortie du théâtre.

Après encore cinq minutes de course folle, il s'arrête, définitivement vaincu par l'essoufflement. Il se retourne... Est-il derrière? Comment le savoir, avec ces flocons aussi denses que du brouillard? A quelques mètres devant lui, il distingue un carré de lumière d'où s'échappe un bruit assourdi de chanson. C'est peut-être le salut!

Kevin O'Neil pousse la porte du pub. Une intense

sensation de chaleur le saisit. Il fait quelques pas dans l'atmosphère enfumée... Pas de doute, il est sur le port, et même dans les bas-fonds de Dublin. Quelques marins éméchés chantent de vieilles ballades autour d'un piano désaccordé; d'autres personnages plus inquiétants sont assis en groupes, des mauvais garçons sans aucun doute. Mais qu'est-ce que cela peut faire?

Il traverse la salle et se laisse tomber sur une chaise. Pendant quelque temps, il est trop occupé à reprendre ses esprits pour faire attention à quoi que ce soit. Il est tiré de sa torpeur par une voix gouailleuse.

– Alors, bourgeois, on vient s'encanailler? C'est pas très prudent ça!

Kevin O'Neil lève la tête. Il n'avait pas remarqué qu'il s'était assis à la table de quelqu'un : un homme d'une trentaine d'années, aux cheveux très bruns plaqués, au sourire éclatant et au regard perçant. Il porte une chemise sale sans col, mais une veste d'excellente coupe. Il n'est pas difficile de deviner qu'il ne l'a pas achetée.

Kevin ne répond pas. Il regarde le visage de son interlocuteur : un voleur sûrement, peut-être même un assassin. Et curieusement, cela ne l'effraie pas. Au contraire, cette assurance arrogante qu'il lit chez lui le rassure.

– Eh bien, bourgeois, ça ne va pas? Remettez-vous... On dirait que vous avez vu le diable!

Kevin O'Neil répond d'une voix essoufflée :

– Oui. Vous ne croyez pas si bien dire.

Le compagnon de table de Kevin O'Neil plisse le front.

– Le diable! C'est une sacrée histoire ça! J'adore les histoires, vous allez me raconter... Je m'appelle Jacky Barrow. Ça ne vous dit rien?

Kevin ne répond pas.
- C'est vrai, je ne suis pas encore connu chez les milords. Mais sur le port, je vous assure : on connaît. Et vous, c'est quoi votre nom ?
- Kevin O'Neil.
- Et c'est quoi votre métier pour être sapé comme ça ?
- Je suis dans la banque.

Deux personnages louches s'approchent silencieusement d'O'Neil. Jacky Barrow se lève avec une vivacité surprenante.
- Pas de ça ! On ne touche pas à mon ami Kevin !

Un peu surpris, les deux mauvais garçons se retirent en grommelant quelque chose. Jacky Barrow tape dans ses mains.
- A boire ! A boire tout de suite pour mon ami Kevin !

Quelques minutes plus tard, Kevin O'Neil a retrouvé ses esprits. Les deux gorgées de whisky qu'il a bues l'ont un peu remonté.
- Alors, Kevin, cette histoire...

Kevin O'Neil regarde son vis-à-vis. Tout raconter comme cela au dernier des voyous rencontré par hasard ? Il est vrai que bientôt, il risque d'être trop tard.
- C'est une longue histoire...
- Tant mieux !

Kevin O'Neil se tait... A l'autre bout de la salle, les marins chantent toujours des ballades irlandaises. La personnalité de Jacky Barrow doit inspirer de la crainte à tout le monde car le vide s'est fait autour d'eux. Kevin O'Neil jette un coup d'œil à la porte d'entrée. Non, elle ne s'ouvre pas... Alors, il commence à raconter.
- Vous connaissez Rathcormack, dans le Sud ?

Jacky approuve de la tête.

– Bien sûr. Je suis un vrai Irlandais.

– C'est de là que la famille O'Neil est originaire. Je vous parle d'il y a deux siècles, et même un peu plus. C'est en 1715 que tout a commencé. Par la faute de deux de mes ancêtres : Patrick et Jérémiah O'Neil, qui avaient la particularité d'être jumeaux.

Kevin reprend une gorgée de whisky. Il s'anime en répétant ce récit qu'il connaît par cœur.

– Mais des jumeaux dont vous n'avez pas idée! Ce n'était pas deux frères, c'était deux fois le même. Absolument impossible de les distinguer. Leur mère leur avait mis à chacun un ruban de couleur différente au poignet mais, comme leur jeu était de les échanger, on n'a jamais su qui était Patrick et qui était Jérémiah.

Jacky Barrow écoute, bouche ouverte. Le jeune chef de bande, ou l'assassin qu'il est, est devenu un enfant sous le charme d'un conte, l'espace d'une soirée...

– C'est quand ils ont eu dix-huit ans que le drame s'est produit. Patrick et Jérémiah étaient tellement semblables qu'ils éprouvaient les mêmes émotions. Et, tout naturellement, ils sont tombés amoureux en même temps de la même jeune fille : Jessica, l'enfant unique d'une riche veuve de la ville. C'est Patrick qui lui a fait la cour, à moins que ce ne soit l'autre. Comment savoir? En tout cas, il n'a pas mis longtemps à obtenir les faveurs de Jessica.

Jacky se rapproche de son interlocuteur en raison du vacarme du pub.

– C'est peu après qu'elle a surpris entre les deux frères une conversation qui ne laissait aucune équivoque : ils avaient profité de leur ressemblance pour se partager cette bonne fortune. Et ils riaient, ils riaient! Jessica s'est enfuie en pleurant. On a retrouvé le lendemain son corps dans la rivière Bride.

Le jeune voyou participe intensément au récit.

— La pauvre gosse!

— Ce n'est malheureusement pas tout. La mère de Jessica n'a pas pu supporter son chagrin et sa honte. Elle a refusé toute nourriture et elle s'est laissée mourir. Juste avant sa mort, elle s'est dressée sur son lit et, devant le curé et tous ceux qui étaient là, elle a crié : « Je maudis la famille O'Neil et je demande à Dieu Tout-Puissant que, chaque fois que l'aîné de cette famille rencontrera son double, il ne voie pas la fin de l'année. »

Jacky Barrow sursaute.

— Et c'est arrivé?

— Oui. Les jumeaux se sont mariés. Leurs fils aînés sont morts d'un arrêt du cœur, à peu près au même âge, vers quarante-cinq ans. Et cela a continué : tous les aînés O'Neil sont morts depuis dans les mêmes circonstances.

— Ils avaient vu leur double?

— Je ne sais pas... Je ne sais que pour mon père, car j'étais là. C'était sur un paquebot qui revenait de New York. J'avais vingt ans, lui, quarante-cinq. C'était un soir vers onze heures. J'étais sur le pont. Il est venu vers moi, bouleversé. Il m'a dit : « Kevin! Je l'ai vu! », m'a fait ses adieux, et il est parti s'enfermer dans sa cabine. Je suis resté longtemps sur le pont, quand, soudain, je l'ai revu. J'ai regardé ma montre : il était deux heures du matin. La journée fatale était passée. Pour la première fois, la malédiction ne s'était pas réalisée. J'ai couru dans sa direction, j'en pleurais de joie. Il s'est retourné... Ce n'était pas lui! C'était quelqu'un qui lui ressemblait comme un frère, qui était habillé comme lui, mais ce n'était pas lui.

Kevin O'Neil finit son verre d'un trait.

— J'ai couru dans la cabine de mon père : il était mort sur sa couchette et déjà froid. Pendant les cinq jours qu'a duré encore la traversée, je n'ai jamais pu revoir l'homme, de même que je ne l'avais jamais vu avant la nuit tragique. Il semblait être apparu à ce moment-là et s'être volatilisé ensuite.

Jacky Barrow tape des deux poings sur la table.

— Et vous n'allez pas me dire ?...

— Si. Tout à l'heure, à la sortie du théâtre, mon double m'attendait. J'ai été intrigué par cet homme qui restait immobile sur le trottoir, malgré la neige. Je me suis approché de lui. Je l'ai regardé et je me suis vu moi-même comme dans une glace. Alors j'ai couru et je suis entré ici...

Le mauvais garçon s'est levé. Il tremble légèrement.

— Foi de Jacky Barrow, ça ne se passera pas comme ça !

Kevin O'Neil parle d'une voix sourde :

— Que voulez-vous faire ?

— Je ne sais pas. Quelque chose...

— Dans un mois, j'aurai l'âge où est mort mon père : quarante-cinq ans. Aucun aîné n'a dépassé quarante-cinq ans chez les O'Neil.

Jacky Barrow se rassied. Il est tout pâle. Il a les yeux fixes.

— Nom de Dieu : le voilà !

Kevin O'Neil se retourne. La porte du pub vient de s'ouvrir et l'homme fait son entrée. Il porte avec beaucoup d'élégance son costume de soirée et sa cape noire. Sans leur prêter apparemment attention, il se dirige vers le bar et commande à boire.

Jacky Barrow le regarde, les yeux écarquillés, puis dévisage Kevin. La ressemblance est frappante. Ils ne sont pas exactement pareils mais ils ont la même taille, la même couleur de cheveux, les mêmes vêtements. Et surtout, ils ont la même allure générale ; les mêmes gestes, la même façon de se tenir, le dos un peu voûté, le front en avant.

Kevin O'Neil a sorti une montre de son gilet, une très jolie montre ciselée, avec des motifs moitié or, moitié argent. Il soupire.

– Onze heures et demie. J'ai, au plus, encore trente minutes à vivre.

Jacky Barrow crispe les mâchoires.

– Ça ne se passera pas comme ça, je vous dis !

Son compagnon de table secoue la tête.

– On ne peut pas lutter contre son destin. C'est mon tour.

– Si ! On peut faire quelque chose. Une malédiction, ça ne dure pas éternellement. On peut la briser un jour ou l'autre. Il suffit pour ça d'un peu de courage. Montrez-vous un homme, Kevin !

– Je n'ai pas ce courage. C'est inutile...

– Alors je le ferai pour vous !

Jacky Barrow baisse la voix.

– Écoutez, Kevin... Je ne devrais pas vous dire ça, mais j'ai déjà pas mal de sales coups derrière moi. Alors, un de plus ou un de moins...

– Ne faites pas de bêtises.

– Ce sera ni la première, ni la dernière. Et pour une fois, je rendrai service.

Le jeune voyou sort de sa poche un couteau à cran d'arrêt fermé.

– Vous voyez ça ? Je m'en suis pas mal servi. Si ça se trouve, j'aurais eu tout seul l'idée de me payer ce bourgeois quand il serait sorti dans la rue. Alors, disons que c'est son portefeuille qui m'intéresse et n'en parlons plus.

– C'est de la folie !

Jacky Barrow a un sourire.

– Vous faites pas de souci ! Évidemment vous, les

O'Neil, vous êtes des gens comme il faut. Quand vous avez vu arriver votre satané double, vous n'avez rien osé faire. Vous êtes restés à attendre comme des potiches. Tandis qu'un coup bien placé... Kevin, je suis sûr que si je tue votre double, ça sera la fin de la malédiction!

Pour la première fois, Kevin O'Neil semble ébranlé. Il regarde attentivement son vis-à-vis.

– Comment vous-y prendrez-vous?

– Quand il sera près de partir, je sortirai avant lui. Je l'attendrai dans la rue. Je lui laisserai faire cent mètres et couic!

Jacky Barrow sursaute... Là-bas au comptoir l'homme en noir vient de tendre un billet. Le patron l'a pris et est allé chercher la monnaie. C'est le moment! Il frappe sur l'épaule de Kevin, lui lance un dernier mot d'encouragement, rabat sa casquette sur les yeux et sort d'un pas pressé...

La neige a encore redoublé. Jacky Barrow relève le col de sa veste. Il met la main à sa poche et fait un geste. Il y a un déclic. Il regarde la longue lame sur laquelle tombent les flocons... C'est drôle, cette nuit, il se sentirait presque heureux! Ce n'est pas par plaisir qu'il est devenu assassin et chef de bande. C'est que, dans ce milieu, il faut être le plus fort ou se laisser dévorer. Et voilà que, pour la première fois, il va faire quelque chose simplement pour rendre service. Parce que le bourgeois lui a paru sympathique et parce que son histoire l'a fait trembler et l'a ému.

Cinq minutes environ ont passé. L'homme en noir sort du pub et s'avance sans se presser, de sa même démarche égale. C'est si simple que c'est un jeu d'enfant. Jacky Barrow le suit à pas de loup dans la neige. Il lui saute dans le dos et le frappe une seule fois en plein cœur...

Avec une intense sensation de triomphe. Jacky se penche sur le corps. Il murmure :

— Ce coup-ci, ça y est, Kevin !

Mais le malaise l'emporte aussitôt sur son sentiment de victoire. Le mort a un visage parfaitement calme, presque soulagé. C'est fou comme il peut ressembler à Kevin ! Plus encore même que tout à l'heure...

En réprimant un frisson, Jacky Barrow se met en devoir de fouiller sa victime. Il ne faut tout de même pas perdre le sens des réalités. Il la déleste de son portefeuille, qui semble bien garni. Il l'enfouit dans sa poche. Il examinera cela plus tard. Il glisse sa main vers le gilet et l'instant d'après, il pousse un cri :

— Non ! Ce n'est pas vrai !

Il tient en main une très jolie montre ciselée avec des motifs moitié or, moitié argent. La montre de Kevin... Mais alors cela voudrait dire qu'il l'a tué, lui ! Comme un fou, il revient vers le pub. Il rentre en bousculant les buveurs. La table où il se trouvait avec Kevin est vide. Il court vers le bar, apostrophe le patron.

— Lequel des deux est sorti le premier ?
— Des deux milords, tu veux dire ?
— Oui, des deux milords.
— C'est drôle ta question ! Après avoir payé, celui qui était au bar est allé vers la porte, mais il est revenu et il a commandé autre chose. Alors celui qui était à table s'est levé et il est sorti.

Jacky Barrow reste hébété. Il bredouille :

— Mais pourquoi Kevin a-t-il fait ça ? Pourquoi voulait-il mourir ? Pourquoi voulait-il que je le tue ?

Jacky Barrow remarque que le silence s'est fait dans le pub et que les consommateurs s'écartent lentement de lui en reculant. Il s'aperçoit alors qu'il tient dans sa main droite son couteau sanglant. Il ouvre sa main gauche. Il a toujours aussi la montre de Kevin O'Neil. Elle marque minuit moins une...

Alors, il envoie promener la montre et le couteau et s'enfuit comme un fou dans la tempête de neige...

Dénoncé par un des clients du pub, Jacky Barrow est arrêté le lendemain pour le meurtre de Kevin O'Neil et le sergent O'Higgins éclate de rire quand il lui raconte sa version des faits.

— C'est trop drôle! Ainsi, ce n'était pas lui que tu pensais tuer, mais un fantôme qui lui ressemblait! Et tu aurais fait cela pour lui rendre service! Par charité! Dis, tu nous prends pour des idiots!

— Mais je vous jure. C'est la vérité! Vous n'avez qu'à vérifier l'histoire de la famille O'Neil.

La police de Dublin ne s'est pas donné cette peine. Ce meurtre crapuleux d'un banquier, venu s'encanailler dans le quartier du port, était clair comme de l'eau de roche.

D'ailleurs, si la police l'avait fait, elle n'aurait rien trouvé. Kevin était le dernier représentant de la famille O'Neil. Son frère cadet était mort quinze ans plus tôt à la guerre. Personne n'aurait pu attester la véracité de cette histoire.

Jacky Barrow a été condamné à mort et pendu, après avoir jusqu'au bout maintenu sa version des faits. Nul ne saura s'il a été victime de la plus étrange des aventures ou alors s'il avait vraiment une sacrée imagination!

La petite fille derrière la porte

Vu de l'extérieur, c'est-à-dire vu par les amis, les relations professionnelles, les voisins, le couple Schneider est l'exemple même de la réussite. Lui, Thomas, trente-cinq ans, a derrière lui une belle carrière de cadre administratif dans une grosse entreprise automobile, et devant lui l'avenir brillant qui s'ouvre à tous les responsables dynamiques.

Elle, Erika, trente-deux ans, ne travaille pas. Elle se consacre à son foyer, ce qui est plutôt rare à Francfort en 1978, même dans la bourgeoisie. Mais cette inactivité volontaire est interprétée comme un signe de bonne entente. Il y a des gens qui ont gardé le respect des valeurs traditionnelles. Après tout, c'est leur droit et s'ils sont bien ainsi, tout est pour le mieux.

Pourtant, une autre personne a un point de vue tout différent sur le couple. C'est qu'elle le voit de l'intérieur. Ce témoin pas comme les autres n'a que six ans, c'est Gretel, la fille de Thomas et d'Erika Schneider.

L'enfant est vive et éveillée pour son âge, malheureusement pour elle sans doute. Car elle devine tout; elle sent très bien que rien ne va plus depuis longtemps entre ses parents. A table, ce sont les mêmes discussions qui reviennent toujours. Ses parents doivent penser : « La petite ne comprend pas, cela n'a pas d'importance. » Et ils se jettent leurs vérités à la figure.

— J'en ai assez de rester toute la journée à la maison, à faire le ménage !

— Tu n'as pas à faire le ménage, je te paie une bonne.

— Bien sûr, c'est toi qui paies tout puisque tu es le seul à travailler. Mais moi aussi je ne demande que ça ! Seulement tu ne veux pas. Si je fais le ménage, c'est que je m'ennuie tellement que je ferais n'importe quoi !

— C'est toi qui m'ennuies !

— Je veux travailler. J'étais journaliste avant de te connaître. Je suis certaine que mon journal me reprendrait.

— Jamais !...

Si, la petite Gretel comprend. Elle comprend que sa mère est malheureuse de rester toute la journée à la maison et que c'est la faute de son père. Alors, dès qu'elles sont ensemble, Gretel essaie de la distraire ; elle lui demande de jouer avec elle, de lire ses livres illustrés. Mais durant les lectures d'Erika, il y a beaucoup de soupirs involontaires. Gretel pense : « Maman est malheureuse parce qu'elle ne travaille pas. » Et elle s'en veut de ne pas arriver à lui changer les idées.

27 mars 1978... Comme souvent, le dîner familial s'est mal passé. Gretel a senti, dès le début du repas, rien qu'à l'expression de ses parents, que le problème du travail de sa mère allait revenir dans la discussion. Mais cette fois, après les arguments traditionnels qu'elle connaît par cœur, les choses sont allées plus loin. La petite fille n'avait jamais vu son père devenir rouge à ce point, ni ses mains trembler

ni la veine de son front se gonfler. Elle n'avait jamais vu sa mère aussi pâle.

Aussi, quand ses parents lui disent d'aller dans sa chambre, Gretel est inquiète. Elle sort de la salle à manger et, au lieu d'obéir, elle reste derrière la porte à écouter.

Tremblante, Gretel entend des mots qu'elle ne comprend pas. Des mots de grands qui doivent être beaucoup plus graves que ceux qu'échangent habituellement son père et sa mère.

– Oui, je veux faire chambre à part!
– Tu es ma femme, et ton devoir...
– Devoir, c'est un mot qui te va bien. Je n'ai connu que des devoirs avec toi, rien d'autre!

Il y a un silence et puis la mère de Gretel ajoute :
– Thomas, je veux divorcer.

Terrorisée, la petite fille entend alors un bruit de cavalcade dans la salle à manger, puis un bruit de chute, puis un long silence... Au bout d'un moment, elle se décide, malgré sa peur, à entrouvrir la porte. Sa mère est allongée par terre. Son père, à genoux devant elle, la regarde fixement.

Alors Gretel se précipite dans l'entrée, où se trouve le téléphone. Elle compose le numéro de la police que ses parents lui ont fait apprendre par cœur en cas de besoin. Elle dit, de sa toute petite voix :
– Allô, papa vient de tuer maman, venez vite!

Elle donne son adresse, et elle raccroche...

Quelques minutes plus tard, une bonne douzaine de personnes ont envahi le petit pavillon des Schneider dans une banlieue résidentielle de Francfort. Dans le hall, le commissaire et plusieurs de ses hommes entourent le mari. Ils le pressent en vain de questions. Thomas Schneider ne répond pas. Il est prostré, sans réaction.

Gretel a été conduite dans sa chambre. Un policier essaie, sans grande conviction, de la distraire avec ses jouets. Bien entendu la petite fille n'a aucune envie de jouer. Elle veut descendre dans la salle à manger. Le policier doit la retenir de force.

Car, dans la salle à manger, une lutte dramatique contre la mort est en train de se dérouler...

Quand les pompiers sont arrivés, en compagnie des policiers, ils ont tout de suite vu qu'Erika n'était pas morte. Son mari avait tenté de l'étrangler, elle avait d'effrayantes marques bleues autour du cou, mais elle respirait encore. Ils ont commencé immédiatement la respiration artificielle. Et, au bout de dix minutes d'efforts épuisants, ils réussissent. Erika Schneider respire d'elle-même. Elle est sauvée!

Aussitôt, elle est conduite à l'hôpital tandis que son mari, menottes aux poignets, est emmené au commissariat. Quant à leur fille Gretel, elle part quelques minutes plus tard dans la voiture de ses grands-parents maternels venus la chercher.

Du drame, ils ne lui disent qu'une chose : « Ta maman est vivante! » Et tandis que la voiture l'emmène chez papy et mamy, elle se répète, avant de sombrer dans le sommeil : « J'ai sauvé maman. »

Un mois a passé... Erika Schneider rentre chez ses parents après son séjour à l'hôpital. Papy et mamy ont prévenu la petite Gretel. Ils lui ont dit :

– Tu sais, maman est malade. Elle ne sera plus comme avant. Il faudra être encore plus gentille avec elle...

Oui, maman est très malade. Gretel s'en rend compte tout de suite, quand elle la voit venir dans un fauteuil roulant, comme elle en a vu à la télévision. L'enfant se précipite vers elle, mais elle a une autre surprise. Sa mère garde la tête tournée de côté; elle ne regarde pas dans sa direction, elle ne lui sourit pas. C'est quand elle est tout près que sa mère s'aperçoit enfin de sa présence. Elle lui dit d'une voix douce :

— Ma chérie, il faut que tu comprennes... Je suis paralysée. Je ne peux plus bouger les bras et les jambes.

Erika Schneider marque un temps et elle reprend d'un ton plus ému :

— Et aussi, je ne pourrai plus te voir. Je suis aveugle...

Mais elle ajoute, en se forçant à sourire :

— Cela ne fait rien. Je suis en vie grâce à toi. Tu m'as sauvé la vie.

L'existence a repris son cours chez les grands-parents de Gretel. Dès qu'elle rentre de l'école, la petite fille passe de longs moments avec sa mère. Elle a sauvé maman, elle n'est pas peu fière. Mais elle veut faire plus encore, la sauver tout à fait, lui redonner le goût de la vie.

Dans les moments qu'elles passent ensemble, Gretel sent que sa mère est bien. Elle est calme, elle l'écoute. Elle lui demande ce qu'elle a fait en classe. Elle lui fait décrire ce qui se passe dehors, de quelles couleurs sont le ciel, les feuilles des arbres, les fleurs. L'enfant répond avec empressement à toutes les questions.

Mais il y a aussi d'autres moments... Gretel le sait car elle écoute aux portes, le soir après qu'on l'a envoyée se coucher. Elle monte dans sa chambre, attend un quart d'heure, puis redescend et plaque son oreille contre la porte. C'est plus fort qu'elle : elle a peur. Que se serait-il passé si elle n'avait pas écouté le soir du drame ? Alors, tous les soirs, elle recommence, elle surveille sa mère...

Et c'est vrai qu'Erika n'est plus la même dès que

sa fille n'est pas auprès d'elle. Elle redevient sombre, déprimée, et ce sont des conversations d'adultes, auxquelles Gretel est hélas habituée :

— S'il n'y avait pas Gretel, je me suiciderais! C'est trop affreux!

Voix du grand-père ou de la grand-mère :

— Allons, ma petite fille, ne dis pas de bêtise.

— Un jour, je n'aurai plus le courage suffisant. Je la ferai, cette bêtise.

Voilà ce qu'entend Gretel, derrière la porte... Elle voudrait intervenir, courir dans la pièce et sauter au cou de sa maman, mais elle a peur de se faire gronder. Alors, elle reste encore une dizaine de minutes et elle va se coucher, en se promettant d'être plus gentille encore le lendemain avec sa mère.

Au mois de septembre 1978, Gretel surprend d'autres conversations. On parle de procès. Elle comprend qu'il s'agit de son père. Qu'il va être jugé comme assassin.

Un jour, sa mère part le matin dans une voiture noire venue la chercher. Personne ne lui a rien dit, ni elle ni ses grands-parents, mais elle sait bien qu'elle va au procès.

Puis, le lendemain, ce sont son grand-père et sa grand-mère qui mettent leurs habits des dimanches et qui partent à leur tour à la même heure. Eux non plus ne répondent pas à ses questions. Ils lui disent, avec un sourire :

— Nous allons faire des courses. Nous serons de retour bientôt.

Gretel n'insiste pas. Ils la prennent pour une enfant. C'est normal, après tout : elle n'a que sept ans. Ils ne peuvent pas savoir que tout ce qu'elle a entendu derrière les portes l'a fait mûrir prématurément...

Le soir-même, Gretel est à son poste. On l'a fait

coucher plus tôt que d'habitude. Donc, il va se dire des choses importantes. Et, en effet, derrière la porte, il y a des éclats de voix.

C'est papy qui s'emporte. Il a sa grosse voix qu'elle n'aime pas.

– Sept ans de prison! Sept ans de prison pour t'avoir fait... ça! Ah si je tenais les jurés!

Mamy intervient doucement.

– Il faut penser aux dommages et intérêts. Ils sont très élevés.

Et puis elle se tait, car Erika s'est mise à pleurer...

Gretel ne retient que ces larmes. Son père a été condamné à sept ans de prison : cela ne signifie rien pour elle. Elle n'a compris qu'une chose : sa mère s'est mise à pleurer. Et cela lui fait peur. Il faudra qu'elle soit plus gentille avec elle. Et aussi qu'elle continue à écouter derrière les portes. Car elle a la sensation qu'un nouveau drame peut se produire.

A mesure que les mois passent, la santé morale d'Erika Schneider se dégrade. Normalement, Gretel n'en devrait rien savoir. Quand elle la voit, sa mère s'efforce de paraître gaie ou simplement normale. Elle s'enquiert avec inquiétude de ses résultats scolaires; elle manifeste toujours le même intérêt aux récits que lui fait sa fille des événements de la journée.

Mais les nuits, derrière la porte, l'enfant entend un langage tout différent. Sa mère a une voix lasse qu'elle ne lui connaît pas quand elle lui parle. Et surtout, elle dit à ses parents des choses terribles. Gretel a huit ans. Elle a mûri prématurément et elle les comprend parfaitement, ces choses.

– Je n'en peux plus! Bien sûr, je devrais faire un effort pour Gretel, mais c'est au-dessus de mes forces.

– Allons, ma chérie!

– Si je n'étais pas paralysée il y a longtemps que ce serait fait. Je vous en supplie, faites-le pour moi!

Le grand-père et la grand-mère de Gretel poussent des chuchotements horrifiés – ils ne veulent pas la réveiller, bien entendu – et Erika finit par se taire...

Alors Gretel se sauve en se promettant de tout faire pour empêcher cela.

18 janvier 1980. Gretel écoute aux portes. Cette fois, elle ne l'a pas fait exprès et ce n'est pas la porte de la salle à manger, c'est celle de la cuisine. A vrai dire, ce qu'elle a surpris n'est pas une conversation, mais un sanglot. Un sanglot bref et étouffé de sa grand-mère. Intriguée, l'enfant passe sa tête dans l'entrebâillement. Il n'y a rien de particulier. Grand-mère prépare les médicaments de maman. Et si elle est triste, c'est à cause de ce que lui dit maman chaque soir.

A l'heure du dîner, Gretel n'y pense plus... Seulement, le soir, en reprenant sa faction derrière la porte, elle a une brusque inquiétude. Elle tend l'oreille... Ce n'est pas comme les autres fois. Sa mère ne parle pas, ne se plaint pas. Seuls sont perceptibles les chuchotements de ses grands-parents. Elle en saisit des bribes :

– Mieux ainsi... Bientôt libérée... Il le fallait...

Alors, Gretel comprend... Comme deux ans auparavant elle se rue sur le téléphone et elle compose le numéro de la police. Elle prononce, de sa petite voix, d'autres horribles paroles.

– Allô, grand-père et grand-mère viennent de tuer maman, venez vite!

La police arrive quelques minutes plus tard – car l'appel de l'enfant a été pris au sérieux – et trouve les grands-parents devant le pas de la porte. Tout de suite ils avouent.

— Nous lui avons donné un tube de somnifères. C'est elle qui nous l'avait demandé. Elle n'a pas souffert.

Les infirmiers et les médecins qui sont venus avec les policiers ne les écoutent pas. Ils se précipitent sur la jeune paralysée, qui est déjà inconsciente. Comme deux ans auparavant, ils tentent de réanimer Erika Schneider. Mais cette fois, ils n'y parviennent pas et elle est encore dans le coma tandis qu'on la conduit à l'hôpital.

Gretel, de son côté, ne s'inquiète pas. Elle a déjà sauvé maman une fois. Elle est sûre qu'elle la sauvera encore ce coup-ci. Dans sa chambre, où elle attend avec un policier, elle s'amuse tranquillement avec ses jouets.

En bas, dans le salon, un dialogue dramatique s'engage entre le commissaire et les parents d'Erika. Les deux vieux se serrent l'un contre l'autre.

— Vous êtes aussi criminels que Thomas Schneider et vous serez jugés au même titre que lui, comme assassins!

Le père d'Erika essaie de justifier leur acte.

— Nous n'avons fait que lui épargner des souffrances inutiles. Des souffrances physiques, car elle s'était mise à avoir de terribles rhumatismes. Mais surtout des souffrances morales. Vous ne pouvez pas savoir! Cela faisait des jours et des jours qu'elle nous suppliait d'y mettre fin.

Mais le commissaire ne se laisse pas convaincre.

— Et cette enfant qui nous a appelés, cette enfant qui a tout surpris une seconde fois? Vous avez pensé à elle?

Cette fois les grands-parents s'effondrent.

— Nous n'avions pas voulu cela. Nous ne savions pas que Gretel écoutait aux portes! Nous comptions lui annoncer que sa mère était morte de maladie.

Le commissaire ne les écoute plus. Malgré leur âge, il emmène sans ménagements le père et la mère d'Erika...

Erika Schneider n'a pas survécu au tube entier de somnifères que lui avait fait absorber sa mère. Elle est morte à l'hôpital sans avoir repris connaissance. Peut-être avait-elle souhaité sincèrement mourir et être débarrassée de ses souffrances. En tout cas, ni elle ni ses parents n'avaient pensé à Gretel. Car, pour l'enfant, la tragédie commençait.

Il a fallu lui apprendre qu'elle n'avait pas réussi à sauver sa maman une seconde fois. Il a fallu la mettre à l'orphelinat car elle n'avait plus de famille.

A l'issue de leur procès, le père et la mère d'Erika ont été condamnés chacun à cinq ans de prison avec sursis. Mais le principal témoin, la principale intéressée, n'était pas là, et pour cause : Gretel Schneider n'avait que huit ans...

Plusieurs familles se sont proposées pour offrir un nouveau foyer à Gretel. Espérons que l'une d'elles y parviendra et qu'elle saura faire oublier à Gretel ce qu'elle a entendu derrière les portes.

J'ai décapité quelqu'un !

Thomas Dietrich fait irruption dans l'hôtel de police de Tübingen, capitale du royaume de Wurtemberg ; trente-cinq ans, blond, bien bâti, il est couvert de fourrures car il gèle à pierre fendre, ce 8 décembre 1780. Il apostrophe le planton :

– Le lieutenant criminel ! Je veux voir immédiatement le lieutenant criminel !

Le planton a une expression de surprise mêlée de crainte, et il court prévenir l'officier de police. Il connaît, comme tout le monde, Thomas Dietrich : c'est le bourreau de Tübingen.

L'instant d'après, Thomas Dietrich se trouve en présence de Johann Berger, lieutenant criminel du royaume. Ce dernier est, comme à son habitude, vêtu avec recherche. Johann Berger affecte en toute occasion des manières raffinées, ce qui ne l'empêche pas d'être impitoyable dans l'exercice de ses fonctions.

– Alors mon cher Dietrich, quel bon vent vous amène ?

Thomas Dietrich défait sa pelisse et se laisse tomber sur une chaise :

– C'est affreux ! C'est abominable ! J'ai décapité quelqu'un !

C'est si inattendu que le lieutenant criminel éclate de rire.
– Vous avez décapité quelqu'un ? La grande nouvelle en vérité !
Mais le bourreau ne rit pas.
– Laissez-moi parler. J'ai décapité quelqu'un hier soir !
– Hier soir, mais...
Thomas Dietrich s'effondre sur son siège :
– Oui, vous avez bien entendu : hier soir. Il ne s'agissait pas d'une décision de justice, c'était... autre chose.
Et devant le lieutenant criminel Berger, le bourreau de Tübingen raconte une incroyable histoire...
Tout a commencé la veille, au petit matin. Comme il est habituel pour un bourreau, Thomas Dietrich n'habite pas la ville même. Sa maison est située à l'écart de Tübingen, loin de toute habitation. Comme il est fréquent aussi, il est célibataire. Il n'a pas encore trouvé à se marier.
Il est donc seul, lorsqu'une grosse berline s'arrête devant sa porte. Trois hommes en descendent et frappent.
– C'est bien toi le bourreau de Tübingen ?
– Oui.
Il n'a pas le temps d'en dire plus. Une couverture est jetée sur sa tête. Il a beau se débattre, il est rapidement maîtrisé, ficelé et jeté dans la voiture qui démarre aussitôt. Tandis qu'on remplace la couverture par un bandeau sur les yeux, il entend :
– N'aie pas peur, on ne te fera pas de mal. Mais si tu essaies de te sauver ou de crier, tu es mort !
Et Thomas Dietrich sent contre sa tempe le canon d'un pistolet. Que faire sinon obéir ? Le

voyage est interminable. Il dure une demi-journée, peut-être plus : quand on est dans le noir, on perd la notion du temps. A plusieurs reprises, la berline s'arrête pour changer de chevaux.

Elle s'arrête une fois encore. Le bourreau distingue un bruit de chaînes puis, lorsque le véhicule se remet en mouvement, le bruit des roues sur une surface de bois. Pas de doute, on vient de franchir un pont-levis. De nouveau, un bruit de chaînes : le pont-levis se relève. La voiture s'immobilise définitivement.

Quatre mains vigoureuses saisissent le jeune homme et le font sortir sans ménagement. L'air glacé le surprend. Il enfonce dans la neige. Il doit être dans la cour d'un château.

Entraîné par ses deux guides, Thomas Dietrich descend un escalier. Il compte les marches : quatre-vingt-huit. Plus il descend et plus elles sont glissantes. Il perd l'équilibre à plusieurs reprises. Enfin, il arrive en bas. Ses pas résonnent sur le dallage comme s'il se trouvait dans une cathédrale. C'est alors qu'on le détache et qu'on lui enlève son bandeau...

Thomas Dietrich regarde, stupéfait, le décor qui l'entoure : il est dans une vaste crypte, une pièce immense et voûtée; des torches fixées aux murs donnent une lumière sinistre. En face de lui, alignés derrière une longue table, sept personnages vêtus comme des magistrats, le visage masqué.

Le jeune homme tourne la tête et il a un sursaut! Là, sur sa gauche, se trouvent une hache et un billot exactement semblables à ceux qu'il utilise pour les exécutions capitales.

Le personnage central de cet invraisemblable tribunal prend la parole :

– Thomas Dietrich, nous t'avons fait venir pour que tu accomplisses ton office.

Il fait un geste en direction d'une porte dans le fond de la salle. Deux personnages masqués font leur entrée. Ils encadrent une silhouette vêtue d'une robe noire et la tête couverte d'un voile, noir lui aussi; des cheveux blonds bouclés s'en échappent et lui tombent sur les épaules. Elle a les bras attachés derrière le dos, des bras blancs bien faits. C'est une jeune femme, sans doute très belle, qui est dissimulée sous cet accoutrement. Le bourreau pousse un cri.

— Non, jamais!

Le juge du milieu met alors la main à sa veste et en sort un pistolet :

— Je te donne un quart d'heure pour te décider. Si dans un quart d'heure tu n'as pas accepté, nous te tuerons et nous trouverons quelqu'un d'autre pour faire la besogne à ta place. De toute façon, elle n'échappera pas à son châtiment.

Thomas Dietrich vit en plein cauchemar. Il demande :

— Mais qu'a-t-elle fait?

Le juge masqué approuve :

— Tu as le droit de le savoir...

Mais à ce moment, la jeune femme en noir s'approche de la table et fait « non » de la tête. L'homme reprend la parole :

— Puisqu'elle le désire, nous garderons le silence. Tu as un quart d'heure.

Thomas Dietrich, la gorge nouée, regarde alternativement les juges immobiles, le pistolet qui lui fait face, posé sur la table, la jeune femme voilée, immobile elle aussi, la hache et le billot. Il balbutie :

— Ce n'est pas possible!

Le temps s'écoule. Par moments, la voix du président s'élève et résonne dans la grande salle :

77

— Dix minutes... Cinq minutes... Deux minutes...

Il y a un petit claquement. Le juge masqué vient d'armer son pistolet. Thomas Dietrich s'écrie :

— Non ! J'accepte.

D'elle-même, la jeune inconnue a placé sa tête sur le billot. Thomas Dietrich ne pense qu'à une chose en saisissant sa hache : dominer son émotion, ne pas trembler afin de ne pas infliger des souffrances inutiles à la malheureuse. Il frappe un seul coup et la tête roule, toujours voilée, sur le dallage. Alors il s'évanouit...

Quand il reprend conscience, il est de nouveau dans la berline, les yeux bandés. C'est le même interminable voyage en sens inverse qui s'achève devant sa maison au petit matin. Après l'avoir détaché, lui avoir enlevé son bandeau, un des hommes qui l'accompagnent lui tend une bourse.

— Voilà trois cents louis pour votre travail.

Le véhicule repart dans une grande gerbe de neige. Thomas Dietrich se retrouve seul. C'est alors qu'il se met à courir vers Tübingen pour aller trouver le lieutenant criminel...

Le lieutenant Berger a écouté tout ce récit sans se départir de son attitude polie, qui est la sienne en toute circonstance.

— Vous les avez ces trois cents louis ?

Le bourreau sort une bourse de sa poche.

— Les voici.

Le lieutenant criminel s'attarde longuement à les compter.

— C'est bien cela. Le compte y est.

Thomas Dietrich s'impatiente quelque peu.

— D'après vous, où se trouve ce château ? Si nous avons été en ligne droite, c'est sans doute très loin, peut-être à l'étranger. Mais j'ai l'impression que nous avons longtemps tourné en rond. A mon avis, il se situe au Wurtemberg même.

Johann Berger fait glisser distraitement les pièces d'or entre ses doigts.

— Vous voilà un homme riche. Dietrich. Vous avez réussi une fructueuse opération !

Le bourreau de Tübingen se dresse, tout tremblant :

— Comment pouvez-vous dire une chose pareille !

Le lieutenant Berger se dresse à son tour :

— Et vous, comment pouvez-vous me raconter une histoire pareille ! Vous me prenez pour un idiot ?

Le bourreau le dévisage.

— Vous ne me croyez pas ?

— Non, je ne vous crois pas. Mais je ne vous savais pas doté d'une telle imagination. Inventer un tel récit pour expliquer vos trois cents louis, c'est un exploit !

— Mais...

— Taisez-vous ! Cette nuit, un riche marchand a été assassiné à Tübingen. Et d'après les témoins, il avait sur lui une forte somme en louis d'or. Gardes ! Emparez-vous de cet individu !

C'est ainsi que Thomas Dietrich se retrouve en prison. Les jours passent... Le lieutenant criminel Berger est un policier expéditif. Quand il a une idée en tête, il n'en démord pas. A aucun moment il ne cherche à vérifier l'histoire de Dietrich. Celui-ci est inculpé de meurtre. Il ne va pas tarder à passer en jugement et l'issue du procès ne fait aucun doute. Le seul problème qui va se poser sera de trouver un second bourreau pour couper la tête du premier...

10 janvier 1781. Un mois s'est écoulé depuis l'extraordinaire aventure que dit avoir vécue Thomas Dietrich. Ce jour-là, un personnage important

demande à être reçu par le lieutenant Berger. Il s'agit du baron von Buch, appartenant à la meilleure noblesse du Wurtemberg. Le lieutenant criminel, dont le principal souci est d'être bien en cour, s'empresse de le recevoir.

— Monsieur le Baron, c'est pour moi un grand honneur...

L'arrivant coupe court aux politesses.

— Vous savez qui je suis ?
— Qui ne le saurait ?
— Vous savez que, par mon mariage, je suis apparenté aux von Scheffel ?
— Mais oui, bien sûr...
— Dans ces conditions, je pense que vous n'avez pas de raison de mettre ma parole en doute.

Le lieutenant criminel, depuis quelques instants, se sent mal à l'aise.

— Monsieur le Baron, je ne comprends pas...
— Vous comprendrez plus tard. Vous n'avez pas oublié que la famille von Scheffel et Inge von Scheffel, ma belle-sœur, ont été mêlées il y a peu à une affaire criminelle ?

Johann Berger comprend de moins en moins où le baron veut en venir. Évidemment qu'il s'en souvient, puisque c'est lui-même qui a fait l'enquête ! Un crime particulièrement affreux d'ailleurs. La fille de la comtesse Inge von Scheffel a été retrouvée étranglée dans les douves du château. Mais à la suite du témoignage de la comtesse, le coupable a été rapidement démasqué. Il s'agissait d'un domestique, Hans Steiner. Celui-ci a été condamné à mort et exécuté.

— Comment aurais-je oublié, Monsieur le Baron ?

Le baron von Buch jette un regard méprisant sur le policier.

— Cela ne restera pas un bon souvenir quand vous

saurez la suite. Vous avez toujours été un homme sans grand jugement, lieutenant! Il faut dire que, dans le cas présent, vous aviez une excuse : le témoignage d'Ine von Scheffel. Mais si vous aviez poussé plus avant votre enquête, vous vous seriez rendu compte qu'elle était folle.

Le lieutenant Berger se sent perdre pied complètement. Son interlocuteur continue :

— C'est Inge von Scheffel qui a tué son enfant dans une crise de démence. Elle a accusé son domestique et vous l'avez crue. C'est seulement fin novembre dernier que, prise de remords, elle a avoué la vérité à son père.

— Mais c'est abominable!

— Abominable, exactement. Son père, le baron von Scheffel, a alors pris une décision : Inge devait être punie, mais il fallait éviter le scandale. Il a donc constitué une sorte de tribunal. En faisaient partie : lui-même, la mari d'Inge, ses deux frères, les deux frères de Hans Steiner — le domestique exécuté — et moi. En tout, nous étions sept.

Le lieutenant criminel frémit. Une image vient de surgir devant ses yeux; une image du récit de Thomas Dietrich : cette longue table dans la salle voûtée d'un château, derrière laquelle étaient assis sept personnages masqués habillés en juges. Il bredouille :

— Mais alors?...

Le baron von Buch s'exprime soudain d'une voix plus émue :

— Inge a été enfermée dans sa chambre pendant que nous délibérions. Nous avons tout de suite été d'accord sur la peine : elle méritait la mort. C'est sur la nature de l'exécution que nous avons discuté. A la fin, c'est le point de vue des deux frères Steiner qui l'a emporté.

Johann Berger est blême.

— Et ce point de vue était ?

— Inge devait mourir de la même manière que leur frère : décapitée sur le billot par le bourreau qui l'avait frappé. Nous avons communiqué la sentence à Inge. Elle était d'accord. C'est alors que nous avons mis au point l'enlèvement de Thomas Dietrich.

Le lieutenant criminel se décompose à vue d'œil. Il ne parvient pas à articuler un mot. Le baron von Buch reprend son ton méprisant :

— Je n'ai pas besoin de vous faire le récit de l'exécution. Je suppose que Dietrich a dû s'en charger... En tout cas, c'est bien nous qui lui avons remis les trois cents louis pour prix de son travail.

Johann Berger demande d'une voix à peine audible :

— Mais pourquoi êtes-vous venu me dire tout cela ?

— Parce qu'un innocent allait être condamné, évidemment ! Les autres n'étaient pas d'accord. Pour eux, l'honneur de la famille passait avant. Mais ce n'est pas mon avis. Maintenant vous savez ce qu'il vous reste à faire, lieutenant : nous arrêter tous les sept, car nous avons commis un crime...

C'est bien à cela qu'a dû se résoudre le lieutenant criminel Berger. Tout de suite après, ridiculisé, déshonoré, il s'est démis de ses fonctions.

Le procès des juges devenus accusés a été un événement à Tübingen, tant les faits étaient extraordinaires. Thomas Dietrich figurait à leur côté sur le banc. Mais il fut mis hors de cause, ayant agi sous la contrainte ; il fut acquitté et ses fonctions lui furent rendues. Le tribunal fit également preuve d'indulgence vis-à-vis des autres. Aucun d'eux ne fut condamné à mort. Ils n'eurent que des peines de prison.

Le bourreau de Tübingen accueillit ces sentences avec autant de soulagement que la sienne propre. Dans cette dramatique histoire, il n'aurait plus d'autres têtes à couper.

Viens jouer avec moi
au fond de la piscine

Tommy Robertson, vingt-neuf ans, se trouve, ce 7 mai 1979, dans les bureaux de la Miller Building Company, au vingt-septième étage d'un gratte-ciel de New York.

Pour l'instant, Tommy Robertson est dans la salle d'attente, il jette un coup d'œil désabusé à droite et à gauche; la pièce est pleine. Ils sont au moins une cinquantaine à avoir répondu à la petite annonce... Pas étonnant avec un texte pareil : « Cherche jeune couple avec enfant pour gardiennage maison de luxe. Travail extrêmement bien rémunéré. »

Depuis le début de la matinée, c'est le défilé des candidats qui ressortent du bureau du patron, Philipp Miller, la tête basse et le visage fermé... Tommy Robertson, quant à lui, est au chômage depuis un an, tout comme sa femme Kate. Ce n'est pas qu'il soit incapable ou paresseux; il est prêt, au contraire, à accepter les travaux les plus durs. Tommy Robertson est en effet un grand brun qui respire la santé avec son visage énergique et son corps bâti en athlète.

– Au suivant...

Tommy Robertson se lève et entre dans le bureau sans l'ombre d'une illusion. Philipp Miller l'accueille d'un geste bref. C'est un homme entre trente-cinq et quarante ans, l'air assez froid derrière ses lunettes; le type même du businessman aussi riche d'initiatives que dépourvu de scrupules.

— Asseyez-vous, je vais vous poser des questions et vous allez me répondre sans vous étonner et sans faire de commentaires. O.K. ?

Tommy Robertson réprime une grimace. Le personnage est déplaisant au possible, mais quand on est dans sa situation, on n'a pas le choix...

— Bien. Vous êtes marié et vous avez un enfant, Bob, cinq ans. Allez-vous à l'église, monsieur Robertson ?

L'entrée en matière est pour le moins inattendue. Tommy se rend parfaitement compte qu'il serait de bon ton de répondre « oui ». Mais il est brusquement décidé à ne faire aucun effort.

— Non, je n'y mets jamais les pieds.

A sa surprise, le visage du patron s'éclaire.

— Parfait. Et votre femme ?

— Ma femme fait ce que je lui dis de faire.

— Très bien. Vous ne croyez donc pas en Dieu ?

— Absolument pas.

— Vous n'êtes pas superstitieux non plus ?

— Tout ça, c'est des... Je veux dire des bêtises.

— Admirable ! Est-ce que vous avez fait la guerre, monsieur Robertson ?

— Oui, au Viêt-nam.

— Excellent. Dites-moi, est-ce que vous avez été amené à tuer ?

Tommy Robertson est de plus en plus excédé. Il opte pour la provocation délibérée :

— Et comment ! Plus d'une fois.

— Et quelle impression cela vous a fait ?

— Ni chaud, ni froid.

Philipp Miller se lève.

– Inutile d'aller plus loin, monsieur Robertson. Vous êtes l'homme qu'il me faut! Le poste est à vous.

Tommy Robertson est tellement abasourdi qu'il ne trouve rien à dire. L'autre poursuit :

– Je vais vous expliquer de quoi il s'agit. Vous connaissez Southampton dans Long Island?

Tommy hoche la tête. Oui, il connaît cette station balnéaire de luxe, à une cinquantaine de miles de New York.

– La maison qu'il s'agit de garder est en bordure de mer. C'est une assez grande propriété de dix-sept pièces avec six salles de bains, une piscine, un parc de deux hectares et une plage privée. Vos fonctions dureront exactement un an.

Tommy Robertson a enfin retrouvé ses esprits.

– Et la maison des gardiens?

– Qui vous parle de maison de gardiens? Il n'y en a pas. Vous habiterez la villa elle-même. Bien entendu, vous n'aurez pas à vous occuper de son entretien. Vous aurez trois domestiques à votre service et deux voitures de fonction. En plus de la nourriture, du chauffage, etc., je vous propose mille dollars par mois et une prime de vingt mille dollars en fin de contrat... Est-ce que cela vous va?

Tommy Robertson émerge difficilement de son ahurissement. Une seule certitude surnage en lui : trop c'est trop! Il parvient à articuler :

– J'aimerais comprendre...

Il refuse le gros cigare que lui tend Philipp Miller. Ce dernier allume posément le sien.

– Je suis d'accord, monsieur Robertson. A votre place, je penserais, comme vous : tout cela cache quelque chose. Et c'est parfaitement exact : cela cache quelque chose. Mais rien de malhonnête, simplement une idée commerciale que je n'hésite pas à qualifier de géniale!

Tommy écoute de toutes ses oreilles.

— Je suis promoteur immobilier et j'ai fait une constatation : quand un drame particulièrement horrible se produit dans une maison, il arrive parfois que les habitants de la région — à tort ou à raison, ce n'est pas mon problème — prétendent qu'elle est hantée. Conséquence logique : ladite maison devient pratiquement invendable. On peut l'avoir pour une bouchée de pain. Et c'est ce que je fais. J'ai une équipe qui me signale les maisons hantées dans tous les États-Unis et je les achète.

Tommy Robertson ne comprend toujours pas où M. Miller veut en venir.

— Et moi dans tout cela ?

— C'est justement la trouvaille ! Je fais habiter pendant un an la maison hantée par un jeune couple avec enfant, et comme rien ne se passe, comme ils sont parfaitement heureux, plus personne ne croit à la malédiction. L'année suivante, je revends la maison le double ou le triple.

Tommy est estomaqué par tant de réalisme.

— Quand même, vous allez loin...

— Ah non ! Vous n'allez pas faire marche arrière. Vous m'avez dit que vous ne croyiez ni à Dieu, ni au diable et que, pour convaincre votre femme, il n'y avait pas de problème non plus. Alors ?... Tout ce que je vous demande pendant cette année, c'est d'être souriant, détendu. Que vos voisins voient que vous êtes heureux. Je vous paie pour être heureux. Ce n'est pas formidable ?

— Si ! Merci, monsieur Miller.

— Bon. Ce soir, vous décidez votre femme ; demain matin, vous venez signer le contrat et vous partez tout de suite pour Southampton. O.K. ?

— Heu... Juste une question : qu'est-ce qui s'était passé, dans cette maison ?

— L'année dernière, un couple de milliardaires... Leur gosse de six ans s'est noyé dans la piscine. Ils n'ont pas supporté et se sont suicidés en jetant leur voiture contre un arbre. C'était leur fils unique.

— Il s'appelait comment le gamin ?
— Bob, pourquoi ?
— Pour rien. A demain, monsieur Miller...

Kate Robertson est aussi fragile physiquement que son mari est solide. Elle a tout juste vingt-cinq ans et ses cheveux, d'un blond très pâle, lui donnent quelque chose d'évanescent. Comme Tommy s'y attendait, Kate n'a manifesté aucun enthousiasme quand il lui a annoncé l'incroyable nouvelle. Après avoir couché leur fils, ils discutent dans le living de leur deux-pièces misérable de Brooklyn.

— J'ai peur, Tommy ! Pas pour moi, pour Bob...
— Quoi Bob ? Tu vas voir sa réaction quand on arrivera dans la maison.
— Mais tout de même, ce drame affreux, cet enfant qui s'appelait Bob lui aussi...
— Ah, je n'aurais pas dû dire cela ! Écoute, ce n'est pas aujourd'hui qu'on a l'affaire de notre vie que je vais me laisser avoir par des histoires de bonne femme. J'ai dit à M. Miller que ce serait oui et ce sera oui !
— Il n'y a pas que cela, Tommy. Est-ce que tu as pensé ?...
— Ça suffit comme cela ! Tu vas faire les bagages et demain, à nous la grande vie !...

Le lendemain, effectivement, après avoir signé le contrat à la Miller Building Company, le couple Robertson et le jeune Bob arrivent dans la luxueuse, la merveilleuse maison de Southampton.

Dans sa description, Philipp Miller avait été encore trop modeste. C'est un conte de fées, un rêve des mille et une nuits. On ne voit des choses pareilles qu'au cinéma, dans les superproductions à gros budget. La cuisinière, la femme de chambre et le jardinier s'empressent pour leur porter leur deux pauvres valises et leur faire visiter les lieux. Il est difficile d'imaginer un tel luxe dans la décoration et le mobilier. Tommy émet un sifflement à chaque nouvelle pièce :

– Kate, tu as vu ? Non, mais tu as vu ?

Quant au jeune Bob, il trépigne d'enthousiasme. Il est aux anges. Seule Kate n'est pas à l'unisson... Elle glisse à son mari :

– Tommy, j'ai peur !

– Peur de quoi ? C'est ridicule ! Je n'ai jamais vu une maison aussi gaie, aussi vivante !... Eh, là, vous, la femme de chambre, approchez un peu ! Cela fait longtemps que vous êtes là ?

– M. Miller nous a engagés il y a trois mois.

– Et depuis trois mois, vous avez vu un fantôme avec son drap ? Vous avez entendu des bruits de chaînes ?

– Non, monsieur. Tout est parfaitement normal.

– Alors, tu vois, ma pauvre Kate ?... Allons ne fais pas cette tête-là, souris ! Souris donc, voyons ! On va mener pendant un an une vie de milliardaires et on est payés pour cela.

Et tandis que son mari rit de joie en parcourant les immenses pièces qui donnent sur le parc et la plage privée, Kate Robertson soupire. Elle sait, elle, que fantôme ou pas, cette maison représente un grave danger...

6 avril 1980. Il y a maintenant onze mois que les Robertson occupent la villa et il semble bien que ce soit Tommy qui ait eu raison. Rien, absolument rien ne s'est passé. Pas un grincement de porte, pas un souffle de vent inhabituel. Au contraire, c'est l'enchantement, le ravissement !

Mais tout a une fin. Dans un mois, le contrat se termine et ils devront partir. Et maintenant, c'est le défilé des acheteurs éventuels. Conformément aux ordres de Philipp Miller, M. et Mme Robertson doivent afficher vis-à-vis d'eux la plus parfaite décontraction, le sourire le plus rayonnant; ils doivent être l'image même du bonheur.

Ce 6 avril, Kate Robertson vient de finir de faire visiter les dix-sept pièces, le parc avec piscine et la plage privée à un couple de riches commerçants new-yorkais. A la fin de la visite, la femme la prend à part.

— Dites-moi, chère madame, ne s'est-il pas passé un drame ici-même?

— Oui, mais pourquoi me demandez-vous cela?

— Eh bien, j'ai entendu dire... Enfin certaines personnes prétendent que la maison serait hantée.

— C'est absurde, voyons! Croyez-vous que nous l'aurions habitée, mon mari, mon fils et moi, si c'était le cas?

— Non, bien sûr! Je suis ridicule de ne pas y avoir pensé. Je crois que je vais tout faire pour persuader mon mari d'acheter.

C'est à ce moment qu'un incident inattendu se produit. Le jeune Bob arrive en courant. Il se jette sur la femme et la frappe de toute la force de ses poings de six ans.

— Va-t'en! Va-t'en, vilaine dame!

Éberluée, Kate Robertson maîtrise son fils.

— Arrête! Qu'est-ce qui te prend? Tu es fou?

Bob se met à pleurer.

— Je ne veux pas que la dame vienne habiter ici! Je ne veux pas qu'on s'en aille! Je ne veux pas qu'on retourne où on était avant. Là-bas, c'était pas beau. Ici, c'est beau. Je veux qu'on reste ici. Va-t'en, madame!...

Kate parvient à grand-peine à calmer son fils. Mais le soir, après avoir couché leur fils, elle a, pour la première fois, une discussion sérieuse avec son mari.

— Tommy, ce que je craignais est arrivé. Bob ne supportera pas de reprendre la vie d'avant... Tu te rends compte : après cette maison, cette vie de rêve, retourner dans notre deux pièces? On ne peut pas imposer cela à un enfant! Ton monsieur Miller le savait parfaitement et pourtant il n'a pas hésité à le faire. Il est ignoble!

Tommy Robertson hausse les épaules :

— Et tout l'argent qu'on a gagné?

— Il en faudrait cent fois plus pour acheter la même chose. On pourra avoir un appartement un peu plus grand, mais qu'est-ce que cela changera?

— Eh bien, on se réhabituera.

— Nous oui, mais pas Bob. Cela fait quelque temps qu'il est devenu nerveux, qu'il pleure pour un oui ou pour un non. Il ne le supportera pas. J'en suis sûre...

Un cri retentit dans la chambre de l'enfant. Kate se précipite, suivie de Tommy. Bob est debout près de son lit, en proie à une crise de nerfs. Sa mère le prend dans ses bras. Il est terrorisé.

— Maman, j'ai vu le petit garçon!

— Quel petit garçon?

— Il s'appelait Bob et il avait six ans comme moi. Il m'a dit : « Viens jouer avec moi au fond de la piscine. » Je ne veux pas y aller, au fond de la piscine. J'ai peur! Je ne sais pas nager...

Kate se tourne vers son mari. Elle est horrifiée.

— Tommy, partons tout de suite.

— Pas question!

— Je ne resterai pas une seconde de plus ici!

— Pas question! Si nous partons avant la fin du

contrat, nous n'aurons pas la prime de 20 000 dollars. Bob, tu vas te recoucher, c'était un mauvais rêve, c'est tout. Allez, Kate, viens! Viens, je te dis!...

Pendant quinze jours, les Robertson vivent un véritable cauchemar. Toutes les nuits, Bob se réveille en hurlant. Mais malgré ses cris et les prières de sa femme, Tommy ne veut rien entendre.

Le 24 avril au matin, le couple se réveille, un peu plus détendu que d'habitude. Cette nuit-là, ils n'ont pas entendu Bob. Kate va dans sa chambre... Elle en ressort en hurlant :

— Il n'est plus là!

Terriblement inquiet pour la première fois, Tommy explore la maison. Mais Bob n'est pas à l'intérieur. Il est sorti. La porte d'entrée est encore ouverte. Tommy court comme un fou, traverse la pelouse entourée de massifs de fleurs, s'immobilise devant la piscine et plonge... Mais il est trop tard, le petit corps qu'il ramène est déjà froid.

Il y a un autre cri derrière lui... C'est Kate. Elle contemple l'affreux spectacle, les mains sur le visage, et se met à courir vers le garage.

Quand Tommy a compris, c'est trop tard, encore une fois. Sa femme a déjà sauté dans l'une des deux voitures et démarré sur les chapeaux de roues. Il ne peut que monter dans l'autre et se lancer à sa poursuite.

Kate roule comme une folle dans les rues de Southampton. Elle sort de la petite ville... Où va-t-elle? Tommy espère ne pas avoir deviné la réponse : elle ne va nulle part... Nulle part en ce monde!

La suite se passe en quelques secondes. Juste après l'agglomération, au premier virage, Kate Robertson accélère à fond et se jette contre un arbre...

Tommy pile dans un hurlement de freins. Il bondit, mais il doit reculer. Le véhicule vient d'exploser et brûle comme une torche... Alors, il remonte dans sa voiture, ouvre la boîte à gants, où il a toujours un revolver, et fait demi-tour en direction de New York.

Philipp Miller, comme tous les jours, se rend à son bureau à neuf heures trente. De loin, il reconnaît la silhouette de Tommy Robertson. Il l'aborde avec un air peu aimable.
— Qu'est-ce que vous faites ici, Robertson ? Vous devriez être à Southampton. Mais Robertson, qu'est-ce qui vous prend ? Laissez ce revolver ! Vous êtes fou ? Robertson !...
Il y a deux détonations et les deux hommes s'écroulent l'un après l'autre sur le pavé de New York...

Extrait des journaux du soir : « Un drame particulièrement affreux vient d'avoir lieu à Southampton et à New York. Le jeune Bob Robertson s'est noyé dans sa piscine. A la suite de cela, sa mère s'est suicidée et son père s'est fait justice après avoir tué le propriétaire des lieux. Le fait divers est d'autant plus épouvantable que, il y a deux ans, un drame pratiquement semblable s'était produit au même endroit. A Southampton, tout le monde est persuadé qu'il s'agit d'une malédiction et d'une intervention surnaturelle. Quoi qu'il en soit, une chose est certaine : la maison du drame n'est pas près de trouver un acquéreur. »

Un cahier d'écolier

Foxville, Dakota du Sud, 16 avril 1981, trois heures du matin. Gary Hopkins, shérif de la petite cité, fonce au volant de sa voiture. Cela fait vingt ans qu'il exerce ses fonctions et jamais il ne se serait attendu à un pareil drame. Il y a quelques minutes, il a été réveillé par un coup de téléphone :
– Ici Nathaniel Albee. Mon père et ma mère ont été assassinés. Venez vite !

Le père et la mère de Nathaniel Albee, le shérif ne veut pas y croire ! M. et Mme Albee sont les personnages les plus considérables de Foxville. M. Albee est notaire et sa fortune est légendaire dans la région, même s'il n'habite qu'un pavillon assez modeste en raison de son avarice, tout aussi légendaire.

En fonçant, sirène hurlante dans les rues vides, le shérif Gary Hopkins a devant les yeux l'image familière de M. Albee : une haute silhouette très droite et un peu raide, des cheveux gris, des lunettes rondes cerclées de fer d'un modèle plus qu'ordinaire. Se pourrait-il que cet homme-là ait été assassiné ? Et Mme Albee, ce petit bout de femme sans grâce qui élevait la voix plus haut que tout le monde dans les manifestations charitables et associatives, tuée elle aussi ? C'est un coup de tonnerre à Foxville !

Quelques minutes plus tard, le shérif Hopkins a confirmation de la tragique vérité. Le meurtre qui a eu lieu dans la chambre à coucher des Albee, au premier étage de leur pavillon, est particulièrement horrible. Ils ont été tués à coups de couteau et de marteau. Ils gisent sur leur lit. Mme Albee porte sur tout le corps de profondes blessures, dont plusieurs ont été, sans nul doute, mortelles. Mais M. Albee est dans un état plus effrayant encore. Où sont cette élégante silhouette un peu raide, ce visage sévère aux cheveux gris et aux petites lunettes ? Il est recroquevillé sur lui-même et son crâne a été écrasé, écrabouillé.

Gary Hopkins se retourne... Deux jeunes gens se tiennent immobiles et silencieux dans l'encadrement de la porte. Nathaniel Albee, vingt et un ans, étudiant, s'est habillé hâtivement d'un jeans rosé et d'une chemise bariolée qui sont à la fois déplacés et tragiques. Il est grand, très grand même, brun et maigre. A son côté, Samantha Albee, qui a également vingt et un ans puisqu'elle est sa jumelle, frissonne dans sa chemise de nuit. A l'inverse de son frère, elle est toute menue.

Le shérif va vers elle et la prend par le bras. Il sait, comme beaucoup de gens à Foxville, que la santé nerveuse de la jeune fille est fragile. Elle vient de faire une dépression qui a nécessité son hospitalisation dans une clinique psychiatrique. Elle n'en est sortie que depuis une semaine.

– Venez, mademoiselle. Ne restez pas là.

La voix de Samantha est étrangement dépourvue d'intonation.

– Je veux savoir qui...

– Je suis là pour cela et je saurai, je vous le jure.

Après avoir laissé Samantha Albee dans sa chambre, le shérif Hopkins s'adresse à Nathaniel.

— Excusez-moi, monsieur Albee, mais êtes-vous en état de parler ?

— Oui. Et j'ai des choses à vous dire.

— Vous avez vu les assassins ?

— Pas tout à fait...

Ils quittent tous deux l'horrible pièce du drame et vont s'installer dans le salon, au rez-de-chaussée.

— Que s'est-il passé, monsieur Albee ?

Le grand jeune homme se voûte et agite sa chevelure brune.

— Je dormais. J'ai entendu du bruit dans la chambre des parents. J'y suis allé. Je me suis heurté à deux hommes qui s'enfuyaient. Ils m'ont bousculé. Le temps que je leur coure après, ils s'étaient enfuis. Je suis retourné dans la chambre et j'ai découvert... ce que vous avez vu.

— Leur signalement ?

— Un Blanc et un Noir. Je vous dis cela à cause des mains, car ils avaient des passe-montagnes.

— Et par où sont-ils partis ?

— Par la porte.

Le shérif réfléchit, tandis que Nathaniel Albee s'est pris la tête dans les mains, secoué de sanglots sans larmes... Il est terriblement mal à l'aise. Il aimerait que tout cela colle, mais cela ne colle pas. Ces deux hommes en passe-montagnes font penser à des professionnels. Or, pas un cambrioleur digne de ce nom n'irait dans une maison où se trouvent quatre personnes : il se renseignerait d'abord. Alors, des tueurs ? Cela ne va pas non plus. Après leur double meurtre, ils seraient allés jusqu'au bout. Ils ne se seraient pas enfuis à l'arrivée du jeune homme ; ils l'auraient assassiné, ainsi que sa sœur...

Une femme d'un certain âge, aux cheveux gris

entortillés dans des bigoudis, toussote au seuil du salon.

— Excusez-moi, shérif, mais j'aimerais vous parler.

— C'est urgent?

— Oui, c'est urgent.

— Vous êtes?...

— Mmes Jones. Je suis la voisine d'à côté.

— Eh bien, je vous écoute, madame Jones.

Mais au lieu de parler, la voisine baisse les yeux, l'air gêné.

— C'est que j'aimerais vous parler... à vous seul.

Gary Hopkins jette un coup d'œil à Nathaniel Albee. Le jeune homme s'est raidi et une lueur de crainte est passée dans ses yeux.

— Voulez-vous nous laisser quelques instants, monsieur Albee?

Nathaniel Albee, sans un mot, déplie sa longue carcasse et quitte la pièce. Mme Jones prend place sur le fauteuil qu'il vient de quitter et se met à parler à voix basse.

— C'est un affreux malheur et je crains que ce ne soit plus affreux encore.

— Expliquez-vous.

— Il y a une demi-heure, j'ai entendu du bruit chez les Albee : des cris et des coups sourds... Il faut vous expliquer que je souffre d'insomnie. Bref, j'ai été à ma fenêtre. La chambre de M. et Mme Albee était allumée. Le bruit a continué pendant encore une minute ou deux et puis plus rien.

— C'est tout?

— Oui, c'est tout et c'est justement cela qui est terrible : personne n'est sorti de chez eux.

— Vous en êtes sûre?

— Certaine. A moins que ce ne soit par la fenêtre opposée à mon pavillon. Mais pas par la porte, en tout cas.

Le shérif Hopkins a dans l'oreille la réponse de Nathaniel à sa question : le jeune homme a menti. Personne n'est sorti ni par la porte ni par une autre issue, pour la bonne raison que personne n'est entré. Il n'y a jamais eu que quatre personnes, cette nuit, dans la maison Albee. Deux d'entre elles sont mortes. L'assassin est à chercher parmi les deux autres. Il prie Mme Jones de rentrer chez elle et fait venir de nouveau Nathaniel Albee. Il lui résume en quelques phrases la conversation qu'il vient d'avoir avec le témoin et conclut par un seul mot :
— Alors ?...
Le shérif Gary Hopkins espérait voir Nathaniel s'effondrer, mais pas du tout. Il redresse au contraire la tête. Il n'a plus du tout l'air d'un garçon d'excellente famille, étudiant modèle à l'Université. Il ressemble tout à coup à une bête sauvage acculée par des chasseurs. Le shérif se dit brusquement que Nathaniel Albee est un monstre.
— C'est une vieille folle ! Elle ment !
— Non ! C'est vous qui mentez ! Votre récit était invraisemblable. Je n'y ai pas cru un instant. Vous ne pouvez pas échapper à la vérité ! Qui a tué vos parents ?

Il y a un silence tendu à l'extrême entre les deux hommes et Nathaniel Albee finit par baisser la tête, l'air vaincu.
— C'est bon. Je vais parler... C'est pour Samantha que j'ai inventé cette histoire. C'est ma sœur après tout.
— Vous voulez dire que c'est elle qui a tué vos parents ?
— Oui, c'est elle.
— Avec un couteau de cuisine et un marteau ?
— Samantha relevait d'une grave dépression. Il faut croire qu'à la clinique ils ne l'avaient pas gué-

rie. Tout à l'heure, j'ai été réveillé par des cris. Quand je suis arrivé dans la chambre de mes parents, il était trop tard. Elle était là avec le marteau et le couteau plein de sang... Elle n'est pas responsable, shérif.

Un bruit fait se retourner le shérif. C'est Samantha qui vient d'entrer dans le salon. Elle s'avance d'une démarche un peu irréelle et s'arrête devant son frère.

– Je ne peux pas, Nathaniel! Pardonne-moi.
– C'est toi, Samantha! C'est toi qui les as tués!

Le shérif Hopkins interrompt ce dialogue entre le frère et la sœur.

– Vous ne pouvez pas quoi, mademoiselle?
– Je ne peux pas faire ce qu'on avait dit avec Nathaniel: m'accuser en prétendant que j'étais folle, si l'histoire des cambrioleurs ne marchait pas, je ne veux pas passer tout le reste de ma vie chez les fous!

– Tu préfères la mort, idiote?
– Je préfère la vérité, Nathaniel. C'est plus fort que moi: il faut que je parle.

Samantha Albee commence à parler et le shérif Gary Hopkins va atteindre le fond de l'horreur...

– C'est Nathaniel et moi qui avons tué nos parents. On l'a fait tous les deux. Lui, il frappait et moi je les tenais.

Nathaniel Albee, effondré sur le canapé, est secoué de tremblements nerveux. Sa sœur poursuit:

– Nous n'avions pas le choix.

Gary Hopkins est blême.

– Pas le choix!... Vous osez dire cela!
– Il était impossible de faire autrement... En allant me coucher, j'ai vu que mon secrétaire avait été ouvert. J'ai cherché dans les tiroirs. Il manquait un cahier d'écolier. J'ai été dans la chambre de

Nathaniel pour lui demander si c'était lui qui l'avait pris. Ce n'était pas lui. C'était donc mes parents. Nous avons couru dans leur chambre et nous avons entendu un cri de ma mère. Elle avait commencé à lire !... Je suis entrée. Ils se sont jetés tous les deux sur moi comme des bêtes. Ils ont voulu me tuer. Nathaniel est descendu à la cuisine et il est revenu avec le couteau et le marteau et nous les avons frappés. Il le fallait ! Ils criaient qu'ils allaient tout révéler, tout dire à la ville entière, à la terre entière !...

Samantha Albee se tait, épuisée. Le shérif la secoue par les épaules.

— Qu'est-ce qu'il y avait dans ce cahier ? Qu'est-ce qu'il y avait d'assez horrible pour vous faire tuer père et mère ?

Samantha ne répond pas. C'est Nathaniel Albee qui prend la parole. Il est devenu tout à coup très calme.

— Il y avait le récit d'un très vieil événement qui s'est passé il y a quinze ans. Nous avions six ans, Samantha et moi. Nous nous aimions beaucoup. Nous étions très heureux ensemble. Pourquoi a-t-il fallu que nos parents nous donnent un petit frère ? Ce petit frère, nous l'avons tout de suite haï et, quelques jours après sa naissance, nous avons fait le serment de le tuer. Beaucoup d'enfants souhaitent ainsi la mort d'un nouveau venu dans la famille. Mais nous, nous sommes allés jusqu'au bout. Nous l'avons étouffé dans son berceau avec son oreiller. Pour que ce soit bien notre crime à tous les deux, nous tenions chacun un côté de l'oreiller. Nos parents on cru à un accident, le médecin aussi...

Le frère et la sœur Albee n'ont jamais eu à répondre de leur crime, ils n'ont même jamais été arrêtés. Ils avaient prévu une dernière échappatoire pour le cas où toutes les autres auraient échoué.

Au moment où ils allaient prendre quelques affaires personnelles, ils ont réussi l'un et l'autre à avaler une dose de cyanure qu'ils avaient préparée... Cette fois, c'était fini et bien fini. Il y avait quatre morts dans la maison si respectable des Albee, avec, en plus, le fantôme d'un petit innocent, assassiné quinze ans plus tôt.

Le shérif Hopkins a alerté ses hommes et, dès qu'ils sont arrivés, il est monté dans sa voiture et a démarré lentement. Il leur a laissé le soin de découvrir l'indice principal, la clé du drame, qui devait se trouver quelque part : un cahier d'écolier, couvert d'une écriture enfantine et tout maculé de sang. L'ouvrir, le lire et même le toucher, il n'aurait pas pu. Jamais pu !

La clinique des Tilleuls

Une luxueuse chambre de clinique donne sur un parc où l'on remarque de nombreux tilleuls. Le cadre est à la fois élégant et reposant. Qui pourrait imaginer que nous sommes en plein cœur de Francfort ?...

Johann Menzel déplie soigneusement ses vêtements, qu'il sort d'une petite valise. Johann Menzel a la quarantaine. C'est un homme au physique distingué, l'Allemand classique tel qu'on se le représente : grand, blond, les yeux bleus. On sent chez lui une certaine autorité qui provient de l'habitude du commandement, puisqu'il est P.-D.G. d'une importante entreprise d'habillement.

Teresa Menzel aide son mari à ranger ses affaires personnelles. Elle est plutôt petite et très sophistiquée. C'est une blonde platinée au sourire agréable, très distinguée dans son tailleur d'un grand couturier.

Johann Menzel prend son hospitalisation avec beaucoup de décontraction.

– Ce n'est pas désagréable, ces petites vacances supplémentaires.

Teresa Menzel se retourne vers son mari :

– Tu ne veux vraiment pas que je reste cette nuit ? L'infirmière m'a dit que c'était possible.

Johann Menzel hausse les épaules :

— Pour une appendicite à froid ? C'est juste une formalité. Tu viendras me voir demain, après l'opération.

Teresa Menzel n'insiste pas. Dans le fond, elle est également de cet avis. Elle embrasse son mari et s'en va.

Pour ne pas rester seule à la maison, elle décide de passer la soirée et la nuit de ce 22 mai 1961 chez ses parents. Elle a bien pensé qu'elle ne serait pas chez elle au cas où la clinique l'appellerait, mais elle n'en voit pas la nécessité. Teresa Menzel n'est pas du genre inquiet. D'ailleurs quelle inquiétude pourrait-on avoir pour une banale appendicite ?...

23 mai 1961. Dix heures du matin. Teresa Menzel rentre chez elle. Elle est à peine arrivée que le téléphone sonne.

— Madame Menzel ? Ici, le commissaire Petermann. Il faudrait que vous veniez immédiatement au commissariat de la Wilhemstrasse. Il s'agit de votre mari. Il est ici. C'est... grave.

Teresa Menzel, après un instant de surprise, a la seule réaction qu'elle pouvait avoir :

— Ce n'est pas possible, M. le commissaire. C'est sûrement une erreur !

Mais au bout du fil, la voix est très sûre d'elle :

— Je regrette, madame, mais il s'agit bien de votre mari. On a trouvé ses papiers dans son veston.

Teresa Menzel est abasourdie.

— Écoutez, commissaire, mon mari a été opéré hier. Il est en ce moment sur un lit, dans une clinique !

Mais cette affirmation n'a pas l'air de dérouter le commissaire. Bien au contraire.

— Ne s'agirait-il pas d'une appendicite ?

Mme Menzel a une brusque impression de cauchemar. Elle bredouille :

— Si. Mais... Qu'est-ce qu'il se passe ? Qu'est-ce qui lui est arrivé ?

Son interlocuteur marque un temps et répond d'une voix grave :

— Autant vous le dire tout de suite, madame : votre mari est mort. Allô... Mme Menzel ? Voulez-vous que j'envoie un de mes agents vous chercher ?

Teresa Menzel répond dans un souffle avant de raccrocher :

— J'arrive...

Le commissaire Petermann va au-devant de Teresa Menzel qui s'avance comme une somnambule dans son petit tailleur à la dernière mode.

— Venez avec moi, madame. Je suis là pour vous aider et tâcher de comprendre avec vous. Mais je suis obligé de vous infliger une épreuve très pénible. Vous sentez-vous le courage suffisant ?

Teresa Menzel se mord les lèvres et hoche la tête sans répondre. Elle suit le commissaire Petermann dans une cellule qui a été vidée de ses occupants. Sur le banc, une forme recouverte d'une couverture kaki que le commissaire relève lentement.

Teresa Menzel met les mains à son visage et pousse un cri étranglé. Oui, c'est bien son mari. Son visage est affreusement convulsé comme s'il avait été en proie à une terreur folle. Johann est habillé. Il porte ce costume qu'elle a elle-même rangé dans la penderie la veille.

Teresa Menzel balbutie :

— Pourquoi ? Comment ?

Le commissaire Petermann la prend doucement par l'épaule.

— Venez dans mon bureau, madame... Je vais vous dire ce que nous savons.

D'une démarche chancelante, Teresa avance dans

le couloir. Elle se sent prête à s'effondrer à chaque instant, mais une idée la retient : savoir, comprendre.

Elle s'assied en face du commissaire qui lui parle d'une voix lente comme à une malade :

— J'ai été prévenu à 7 heures du matin et j'ai essayé immédiatement de vous joindre, mais vous n'étiez pas chez vous. Cette nuit, une de nos patrouilles a vu un homme qui titubait sur la Wilhemstrasse. C'était votre mari. Un de mes agents est sorti de sa voiture pour l'interpeller. Votre mari s'est débattu et l'a violemment frappé. Mes agents l'ont maîtrisé, l'ont amené au poste et l'ont mis en cellule pensant avoir affaire à un ivrogne. C'est ce matin qu'un de mes hommes a découvert qu'il était mort.

Cet invraisemblable récit enfonce encore un peu plus Teresa Menzel dans son cauchemar.

— Mort... Mais de quoi ?

— Je ne sais pas, madame. On a fait venir immédiatement un médecin. Votre mari, à part sa plaie due à l'opération, ne porte aucune blessure. Il est difficile de se prononcer pour l'instant, mais le docteur pense à un arrêt du cœur provoqué par un choc nerveux violent, comme une grande émotion par exemple.

Le commissaire Petermann questionne doucement :

— Où votre mari a-t-il été opéré ? C'est là que nous apprendrons la vérité.

— A la clinique des Tilleuls, Hamburgstrasse...

Un quart d'heure plus tard, Teresa Menzel et le commissaire Petermann sont à la clinique. Bien qu'étant un personnage fort important et fort occupé, le Dr Wilfrid Steiner, patron de l'établissement, les a reçus tout de suite. Si un commissaire de police demandait à le voir, ce ne pouvait être que pour quelque chose de grave.

Le Dr Steiner est un sexagénaire aux cheveux argentés, très soigné de sa personne et très raffiné dans ses manières. Il s'enquiert d'une voix légèrement inquiète :

– Que se passe-t-il ? J'avoue que je suis surpris...

Teresa Menzel l'interrompt. Elle hurle :

– Qu'est-il arrivé à mon mari ? Qu'est-ce que vous lui avez fait ?

Et elle éclate en sanglots... Le commissaire prend le relais et expose brièvement toute l'affaire. A mesure qu'il parle, le médecin manifeste des symptômes de stupeur croissants. Lorsque son interlocuteur a terminé, il ouvre de grands yeux.

– Mais je ne comprends rien à cette histoire ! Je n'ai jamais eu de malade de ce nom dans mon établissement, ni pour une appendicite, ni pour autre chose. Je vais vous faire apporter mes registres, vous pourrez vérifier.

Mme Menzel se met à hurler une seconde fois.

– C'est un menteur ! Il ment ! Je me souviens de votre nom, c'est vous qui deviez opérer mon mari.

Elle se lève brusquement.

– Je veux voir la chambre. Numéro 25, pavillon B !

Elle s'élance comme une folle dans les couloirs. Le commissaire Petermann et le Dr Steiner la suivent en courant. Teresa Menzel s'arrête enfin devant la chambre 25, pavillon B... Elle pousse la porte : c'est une vaste pièce, dont les fenêtres donnent sur le jardin, mais elle est vide, absolument vide. Mme Menzel ouvre alors la penderie, les tiroirs de la table de nuit : rien ! Le Dr Steiner s'exprime d'une voix douce :

– Eh bien, madame ?

Teresa Menzel est secouée d'un rire hystérique.

– Oh ! Je ne sais plus... Je ne sais plus rien !

Le médecin s'approche d'elle.
- Je vais demander qu'on s'occupe de vous.

Tandis qu'une infirmière accourt à la demande du patron et prend par le bras Mme Menzel, totalement sans réaction, le commissaire reprend la conversation avec le Dr Steiner. Il s'exprime d'une voix assez sèche.

- Il n'en reste pas moins que M. Menzel a bel et bien été opéré de l'appendicite juste avant son décès. Pourquoi sa femme a-t-elle dit que c'était dans votre clinique ?
- Elle s'est trompée.
- On ne se trompe pas pour une chose pareille.
- Voyez mes registres. Interrogez le personnel.
- J'y compte bien...

Mais les investigations du commissaire Petermann sont entièrement négatives. Les registres de la clinique des Tilleuls ne mentionnent pas l'entrée de Johann Menzel; quant à l'infirmière-chef, qui était de garde la nuit précédente, elle est on ne peut plus nette.

- Mais enfin, monsieur le commissaire, tout cela n'a pas de sens! Il n'y avait pas de malade au 25. La chambre est libre depuis trois jours.
- Et vous n'avez jamais entendu parler d'un monsieur Menzel?
- Absolument pas!

Pour en avoir confirmation, le commissaire se rend dans les deux chambres attenantes au 25. Mais elles sont vides et l'infirmière lui indique qu'il n'y avait pas de malade la nuit dernière...

C'est dans ces conditions que le commissaire Petermann débute son enquête. Il fait, bien sûr, le tour de tous les hôpitaux et cliniques de Francfort, mais le résultat est celui qu'il redoutait : nulle part un monsieur Menzel n'y a été opéré de l'appendicite. Les résultats de l'autopsie confirment, quant à eux, les premières constatations médicales : Johann Menzel est mort d'une crise cardiaque consécutive à un choc nerveux intense. L'opération, en revanche, ne peut être mise en cause. Il n'y a pas eu d'erreur du chirurgien ou de l'anesthésiste.

Les jours passent et le commissaire Petermann est toujours aux prises avec son histoire de fou. Il se repose sans cesse ces deux mêmes questions : comment est mort Johann Menzel ? Et qui est responsable ?

30 mai 1961... Ce qui s'est passé, le commissaire Petermann va enfin l'apprendre. Un homme a demandé à le voir au sujet de l'affaire Menzel. Bien entendu, il l'a tout de suite fait entrer.

L'homme, âgé d'une cinquantaine d'années est pâle et maigre. Il semble relever de maladie.

– Je me présente : Heinrich Neuburg. Je suis sorti hier de la clinique des Tilleuls où j'étais hospitalisé.

Le commissaire réprime un cri. Cette fois, ça y est !

– A la clinique, je ne lisais pas les journaux. C'est aujourd'hui j'ai appris l'affaire, et j'ai appris que j'avais été le témoin de quelque chose d'important.

L'ancien pensionnaire de la clinique, qui a une respiration difficile, marque un temps et reprend.

– Dans la nuit du 22 mai, j'occupais la chambre 24, pavillon B. J'ai été réveillé par des cris inhumains, des hurlements. Cela a duré longtemps. Il y a eu des bruits de lutte et d'autres cris poussés par un infirmier : « Rattrapez-le ! » Et puis plus rien. Quand j'ai raconté cela le matin, on m'a dit que j'avais déliré pendant mon sommeil. Comme j'avais de la fièvre, je l'ai cru. On m'a dit aussi qu'on me changeait de chambre. Voilà, c'est tout...

C'est tout, mais c'est plus que suffisant. Le commissaire sait que Mme Menzel avait dit vrai : c'est bien à la clinique des Tilleuls que le drame a eu lieu. Le Dr Steiner et son personnel ont menti pour cacher une faute quelconque. Laquelle exactement ? Le commissaire va l'apprendre. Maintenant, ils sont obligés de parler.

Effectivement, dans son bureau, à la clinique, Wilfrid Steiner baisse la tête en écoutant ce témoignage accablant. Il semble vieillir à vue d'œil à mesure que parle le commissaire. Quand il prend la parole à son tour, c'est d'une voix brisée.

– J'ai joué le tout pour le tout. Je ne voulais pas tout perdre d'un seul coup : ma clinique, ma réputation. Alors j'ai menti...

Le commissaire Petermann l'interrompt sèchement.

– Que s'est-il passé ?

Et le docteur Steiner commence son récit.

– Une chose très rare. C'est la première fois que cela arrive dans ma carrière, mais je savais que cela existait. On appelle cela une « psychose postopératoire ». A son réveil, le malade est pris d'un brusque accès de folie furieuse. C'est ce qui s'est passé avec M. Menzel.

– Vous étiez là ?

– Non. J'étais à une réception. Mais je laisse toujours le téléphone de l'endroit où je me trouve. J'ai été prévenu par l'infirmière-chef vers 23 heures. Johann Menzel s'était habillé et il voulait s'enfuir. Il avait déjà tenté d'étrangler l'infirmière et un infirmier essayait de le maîtriser ; dans ces cas-là, la démence donne des forces surhumaines.

Le Dr Steiner se passe la main sur le front en revivant cette nuit dramatique du 22 mai.

– J'ai tout entendu au téléphone, en direct, si je

peux dire... Les hurlements de Menzel ont redoublé et l'infirmier a crié : « Arrêtez-le ! » L'infirmière a lâché le téléphone et s'est mise, elle aussi, à la poursuite du malade. Cinq minutes après, hors d'haleine, elle m'a annoncé qu'il s'était enfui. Je lui ai dit que j'arrivais.

— Et ensuite ?

— Nous avons cherché toute la nuit, dans l'établissement, dans les rues avoisinantes. Mais sans résultat. Et pour cause : il était déjà chez vous.

Le commissaire Petermann fixe le médecin.

— Pourquoi n'avez-vous pas prévenu la police à ce moment-là ?

— J'ai perdu la tête. J'ai espéré jusqu'au bout qu'on le retrouverait et qu'on pourrait le remettre dans son lit, comme si de rien n'était, et puis, quand j'ai compris que ce n'était plus possible, j'ai décidé de cacher la vérité : j'ai maquillé le registre ; j'ai fait disparaître les affaires de Menzel ; j'ai menacé le personnel pour qu'il se taise. C'était enfantin, je le sais. Mais sinon, c'était toute mon existence qui s'écroulait.

Le Dr Steiner marque un temps.

— Ce qui est le cas maintenant...

Condamné à six mois de prison avec sursis et à de lourds dommages et intérêts, le Dr Wilfrid Steiner a vendu sa clinique. Elle fonctionne depuis avec un nouveau patron et attire toujours la clientèle fortunée. Et, à contempler les majestueux tilleuls du parc, il est bien difficile d'imaginer le drame qui s'y est produit une nuit de mai.

Le réveillon de Pamela

Pamela Wright retire le capuchon de son anorak de fourrure, découvrant ainsi son visage ravissant encadré de cheveux blonds. A trente-cinq ans, Pamela Wright est le type même de l'Américaine moderne et dynamique. Divorcée, deux enfants, elle exerce la profession de gynécologue à Denver, Colorado.

Pamela Wright respire profondément, ce qui dégage un nuage de buée. Elle n'est pas du tout mécontente de ces vacances sortant de l'ordinaire. Elle s'est décidée sur un coup de tête, en lisant une publicité dans une revue médicale : « Passez le Nouvel An au Groënland. Découvrez la vie des Esquimaux du Grand Nord. Nombre de participants limité à dix personnes. »

Le voyage était hors de prix, mais elle avait les moyens et avait envie de faire une coupure dans son existence... Voilà comment elle se retrouve, ce 31 décembre 1979, après une randonnée sur des traîneaux à chiens, dans le lieu où ils vont tous passer la nuit de la Saint-Sylvestre : un igloo spécialement aménagé à leur intention, aux environs de la ville de Thulé.

Pamela Wright regarde avec intérêt les parois de

leur abri, qui forment une grande coupole. C'est vrai que, contrairement à ce qu'on imagine, il ne fait pas froid dans un igloo. Ses compagnons de voyage sont en train de faire la même constatation. Ce sont des gens aisés eux aussi : un avocat, un architecte, un P.-D.G., un couple de commerçants, la veuve d'un industriel.

L'arrivée à l'étape et la perspective de passer la nuit de la Saint-Sylvestre rendent tout le monde euphorique. Tommy Moore ouvre une bouteille de bourbon. Tommy Moore, un homme de trente ans environ, au physique sportif, est le responsable du groupe. Il remplit les verres en s'esclaffant :

– Pour les glaçons, vous n'avez qu'à vous servir !

Chacun s'exécute avec des rires bruyants. Tommy Moore appuie sur la plaisanterie :

– Je suis sûr que c'est la première fois que vous buvez votre maison !

Un fou rire général lui répond. La boutade est loin d'être irrésistible, mais l'atmosphère est à l'euphorie... Pamela Wright trinque avec les autres touristes. Dans l'igloo, une dizaine d'Esquimaux s'affairent en silence. Ils servent à la fois de conducteurs et de personnel hôtelier. Chaque touriste est en effet installé seul à bord d'un traîneau. Une fois à l'étape, les guides se métamorphosent en serveurs.

Après avoir dressé la table, les Esquimaux accrochent aux parois de glace des guirlandes et des banderoles de bonne année. Chez les vacanciers, les éclats joyeux redoublent, mais Tommy Moore fait un signe de la main dans leur direction.

– Un peu de silence, s'il vous plaît ! J'ai un appel-radio.

Il y a en effet dans l'igloo un poste émetteur-récepteur, que personne n'avait remarqué jusque-là, et dont un voyant rouge vient de s'allumer. Tommy

Moore appuie sur un ou deux boutons et place un écouteur sur ses oreilles. Il note quelques mots sur un bloc posé à côté de l'appareil. Au bout d'une minute environ, il revient vers ses clients avec un sourire quelque peu forcé et lève de nouveau son verre.

– Qu'est-ce que c'était, Tommy ?
– Cela ne nous concernait pas.

Du coup, c'est la curiosité générale.

– Dites-nous ce que c'était, Tommy ! On veut savoir !

Le chef de groupe tente de résister.

– Je vais attrister votre soirée...

Mais il n'y a rien à faire, il doit capituler.

– C'était un S.O.S.
– Un bateau perdu en mer ? Il y a une tempête ?
– Non. Cela venait d'Avigut, un village de pêcheurs à trente kilomètres d'ici. Ils ont un malade. Cela a l'air d'être une appendicite. Ils demandent un médecin.
– Ils n'en ont pas là-bas ?
– Si, mais par malheur il est mort hier.
– Et qu'est-ce qui va se passer ? Il n'y a pas d'autre médecin dans la région ?
– Uniquement sur la base américaine, mais c'est à deux cents kilomètres d'ici. C'est trop loin.

Pamela prend la parole pour la première fois.

– Qui a l'appendicite ?

Tommy Moore fait celui qui n'a pas entendu.

– Oublions tout cela puisque nous n'y pouvons rien... Qui est-ce qui va me chercher encore des glaçons pour mettre dans le seau à champagne ?
– Qui a l'appendicite ?

Tommy Moore répond à contrecœur et d'une manière presque inaudible :

– C'est un enfant...

113

Pamela Wright se dresse d'un coup.

— Je suis médecin. Je dois y aller.

Tommy Moore a une exclamation.

— Vous ?

— Oui, moi ! Je sais ce que vous pensez : je suis gynécologue et pas chirurgien. Mais je serai quand même capable de faire une opération de l'appendicite.

Tommy Moore secoue la tête.

— Ce n'est pas du tout cela que je pense ! Avigut est à trente kilomètres d'ici et vous savez ce que c'est trente kilomètres au Groënland, la nuit, au mois de décembre ? Dehors, il fait moins quarante ; la tempête s'est levée. Même un Esquimau ne s'y aventurerait pas.

Pamela Wright se dirige vers le groupe des petits hommes à la peau ridée.

— Je suis sûre que l'un d'eux voudra bien me conduire, n'est-ce pas ?

Un jeune homme se détache du groupe et approuve de la tête en silence... Tommy Moore perd patience pour la première fois.

— Je rends hommage à vos nobles sentiments, madame Wright, mais vous ne sortirez pas d'ici ! Mettre le pied dehors serait une folie !

— J'irai quand même !

— Je regrette. Je suis responsable de ce voyage et de votre sécurité.

Pamela Wrigth réplique posément :

— Je comprends votre point de vue. Je vais vous signer une décharge.

— Dans ce cas, effectivement... Je ne peux pas vous empêcher de vous suicider.

— Je ne me suicide pas. Je pense à un petit être qui va mourir la nuit du Nouvel An.

Il y a un grand silence dans l'igloo... Pamela

Wright remet le capuchon de son anorak. C'est par amour pour cet enfant inconnu qui souffre quelque part dans la grande nuit polaire qu'elle va mettre en danger sa propre existence, ce 31 décembre 1979.

Elle a, malgré elle, un sursaut en sortant. Le noir et l'air glacé la saisissent. Elle ne pensait pas qu'il faisait si froid. En plus, le hurlement de la tempête est assourdissant. Tommy Moore avait raison : partir dans des conditions pareilles, c'est de la folie. Un tel environnement n'est pas humain !

– Par ici !...

La voix gutturale de son guide résonne près d'elle. Pamela Wright se sent un peu réconfortée.

– Merci de ce que vous faites ! Comment vous appelez-vous ?

– Umanaq.

Umanaq se dirige vers un autre igloo plus petit où dorment les chiens. Il y a une succession d'aboiements et de grognements agressifs.

– Ne bougez pas. Ils pourraient vous mordre.

Pamela reste immobile dans le froid et le noir et elle est brusquement aveuglée par une violente lueur très blanche : Umanaq vient d'allumer une de ces torches dont on se sert pour les sauvetages en montagne. Elle peut distinguer le traîneau et les chiens groupés tout autour. Visiblement fort mécontents de devoir sortir la nuit, ils grondent, découvrant des crocs acérés... Pamela ne les avait jamais vus ainsi. On dirait des loups plus que des chiens. Ce sont de véritables bêtes sauvages. Umanaq vient vers elle et lui tend la torche.

– Je vais les atteler. Éclairez-moi, mais pas trop près.

Avec des gestes rapides et précis, Umanaq place chaque bête en l'appelant par son nom selon la hiérarchie très stricte qui est celle du traîneau. Ensuite, il lui désigne le véhicule.

– Allongez-vous là pendant tout le voyage. Donnez-moi la torche.

Lui-même saute d'un bond à l'arrière. Il fait claquer son fouet au-dessus des oreilles du chien de tête.

– Allez Kabouk!

Malgré le froid qui lui mord les joues et lui pique les yeux, Pamela Wright est fascinée par ce spectacle extraordinaire : au milieu de la nuit noire, à la lueur crue de la torche, le traîneau s'est ébranlé et file droit devant. Les douze chiens attelés par groupes de deux derrière Kabouk, le chien de tête, font voler un nuage de neige. De temps en temps, Umanaq quitte sa place pour se porter à côté de l'attelage, puis il remonte prestement sur les patins. Pamela n'a rien à faire qu'à se laisser conduire. Mais elle regrette presque cette inactivité car le froid l'engourdit progressivement.

Elle n'est pourtant pas frileuse. Denver, dans les montagnes Rocheuses, connaît des hivers rigoureux et, lorsqu'elle était petite, elle adorait faire des excursions dans la neige. Pourtant, cela n'a rien de commun avec le Grand Nord... Quelle température peut-il bien faire? Moins quarante, a dit Tommy Moore. C'est possible. Passé un certain seuil, on ne se rend plus compte, les nerfs sont rendus insensibles par le froid. Elle se tourne vers Umanaq qui court à son côté, la torche à la main. Elle doit hurler pour couvrir le bruit de la tempête.

– Dans combien de temps arriverons-nous?

Quoique le guide soit tout proche d'elle, la réponse lui arrive lointaine et hachée.

– Les chiens tirent bien... Dans quatre heures peut-être...

Pamela Wright serre les dents. Elle pense à ce petit bonhomme tout brûlant de fièvre dans ce pays glacé. Ce qu'elle ressent elle-même n'est rien à côté de sa souffrance à lui. Umanaq a fait réduire l'allure et s'adresse de nouveau à elle :

– Ici, c'est dangereux. Beaucoup de crevasses.

Une dizaine de minutes s'écoulent. Faisant claquer son fouet, criant le nom des chiens, Umanaq parvient à faire avancer son attelage dans ce paysage irréel où l'on devine partout la mort invisible. C'est alors que se produit le drame. Pamela Wright se sent projetée en avant et se retrouve le visage dans la neige : le traîneau vient de se renverser.

Elle se relève aussitôt... Par miracle elle n'a rien. Elle s'intéresse alors à ce qui l'entoure. La torche est tombée par terre et éclaire bizarrement la scène : le véhicule est couché sur le côté. Les chiens, empêtrés dans les rênes, qui se sont emmêlées, sont en proie à la panique. Certains, à moitié étranglés, poussent de petits gémissements; d'autres se débattent furieusement pour se dégager.

Mais ce n'est pas le pire. En contournant le traîneau, Pamela Wright découvre Umanaq allongé dans la neige. Il a une grimace de douleur.

– Ma jambe... J'ai très mal! Elle est cassée...

Pamela Wright a une brève pensée pour ce réveillon de la Saint-Sylvestre 1979 qui aurait dû être l'apothéose de ses vacances de luxe. Au lieu de cela, la voilà perdue dans un des endroits les plus affreux de la planète. Mais elle a aussitôt une autre pensée : ce petit être qui lutte contre son mal quelque part dans la nuit polaire, si elle meurt, il mourra aussi... Alors, elle doit se battre jusqu'à la limite de ses forces!

Au même moment, Umanaq se relève et pousse un cri.

– Je ne peux pas rester debout!

Pamela ne perd pas son temps en discours inutiles.

— Nous devons continuer. Dites-moi ce qu'il faut faire.

— D'abord redresser le traîneau. Ce n'est pas très lourd.

Effectivement, en s'arc-boutant de son mieux, Pamela parvient à le retourner. Umanaq continue à lui donner ses directives.

— Maintenant, il faut démêler les chiens.

Pamela se dirige vers l'attelage. Mais un cri du guide la retient.

— Non! Prenez le bâton! S'ils grognent, frappez-les sur le museau jusqu'à ce qu'ils se taisent sans quoi ils vous arracheront la main.

Tremblante, la jeune femme s'exécute. Elle a beaucoup de mal à faire ce que lui dit Umanaq car elle a toujours adoré les chiens; mais elle se rend vite compte qu'il n'y a pas à faire preuve de sensibilité. Il suffit de voir les regards qu'ils lui lancent, en découvrant les babines, pour comprendre.

Au bout d'un quart d'heure, Pamela a terminé son délicat et dangereux travail. Une fois Umanaq installé sur le traîneau, elle prend la place qu'il occupait précédemment. L'Esquimau lui explique comment elle doit faire. L'attelage se conduit avec le chien de tête. Les autres tirent; lui, donne la vitesse et la direction. Il faut donc lui crier en langue esquimau : « Kabouk, à droite! » « Kabouk, à gauche! » « Plus vite, Kabouk! » « Stop, Kabouk! »... Cela, c'est lui-même qui s'en charge, allongé sur le traîneau. Mais le commandement doit être accompagné d'un geste approprié avec les rênes. Et c'est uniquement Pamela qui peut le faire. Tous deux ont énormément de mal à coordonner leurs efforts. Mais ils y parviennent tant bien que mal...

Deux heures ont passé depuis que Pamela conduit l'attelage. Le village d'Avigut n'est plus très loin et l'allure s'accélère car le terrain descend constamment. Pamela croit voir venir le bout de l'épreuve. Mais c'est tout le contraire. La voix d'Umanaq retentit.

– Arrêtez!

– Pourquoi? Nous avançons très bien.

– Justement! La pente est trop forte. Le traîneau va rattraper les chiens et les écraser. Serrez le frein, vite!

Pamela s'exécute à regret.

– Et maintenant?

– Il faut dételer les chiens et les atteler derrière. Ils vont retenir au lieu de tirer.

Pamela Wright comprend qu'il n'y a pas moyen de faire autrement. Et ce sont de nouveau d'interminables minutes, passées à ce travail délicat et dangereux. Une heure s'écoule encore. Enfin le terrain redevient plat et la jeune femme doit faire l'opération inverse : atteler les chiens devant le traîneau.

Au Groënland, un village ne se devine pas de loin. Il n'y a pas de route, pas d'éclairage public, pas même de lumière aux fenêtres, qui sont hermétiquement bouchées avec des peaux de bêtes. C'est Umanaq qui, avec la vue perçante qu'ont les siens, le voit le premier.

– Là! Une maison...

Effectivement, tout près d'eux, se dresse une baraque de pêcheurs trapue et grisâtre. Ils sont à Avigut. Ils avaient failli le traverser sans s'en rendre compte.

Pamela Wright frappe à la porte. L'ahurissement des habitants est total. Mais Umanaq explique tout en quelques mots et reçoit la réponse :

– L'enfant est dans l'habitation voisine...

Pamela y est conduite. Elle ausculte rapidement la petite forme brûlante recouverte de fourrures.

Tout va bien. Il n'est pas trop tard. Les instruments chirurgicaux du médecin décédé sont là. Elle n'a plus qu'à opérer. Au bout d'une demi-heure, tout est terminé ; elle a réussi !...

C'est à Avigut que Pamela Wright a passé le 1er janvier 1980. Aux militaires américains de la base de Thulé venus la chercher deux jours plus tard, elle a déclaré simplement :
– Ce sera mon plus beau jour de l'an.

Une nuit en enfer

La Wilhelmstrasse, à Munich, n'est pas la rue la plus reluisante de la ville. Mais au moins, quand on s'y rend, on est tout de suite fixé sur ce qu'on va y trouver : un Eros center, de nombreux sex-shops et surtout le « Chrystal Bar ». C'est un immense établissement qui tient un peu de la cantine d'usine, avec ses tables alignées en longues rangées parallèles. Au fond, sur une scène, au son d'une musique assourdissante, des jeunes gens exécutent des tableaux vivants « pornographiques et artistiques », pour reprendre la formule affichée à l'entrée. A chaque table, des entraîneuses sont chargées de pousser les clients à la consommation.

Bref, c'est un endroit vulgaire, ennuyeux à mourir et, de plus, hors de prix. Mais on ne sait trop pourquoi, il figure en bonne place sur la liste des attractions de la ville. Et, chaque soir, le « Chrystal Bar » attire son contingent de touristes.

Ce jour-là, le 23 octobre 1976, ils sont danois en majorité, des membres d'un même groupe arrivé en car. Il faut croire que, malgré la réputation du « Chrystal Bar », ils n'apprécient guère le programme car, au bout d'une heure à peine, ils s'en vont tous et remontent dans leur car.

Tous sauf un : Olaf Kirksen. C'est un géant blond et barbu de vingt-trois ans, tout à fait le physique du Viking tel qu'on l'imagine. Lui, il a tenu absolument à rester. D'abord parce que le spectacle lui plaît. C'est bien son droit d'aimer les « tableaux vivants ». Et puis, il est en vacances. Il est là pour s'amuser. Il veut en avoir pour son argent.

Et Olaf Kirksen en a de l'argent. Les deux entraîneuses qui ont pris place près de lui s'en rendent compte tout de suite. Il a un portefeuille rempli de gros billets. Malheureusement pour elles, Olaf n'est guère généreux. Il ne boit pas d'alcool et ne se soucie nullement de ses compagnes. Il est là pour regarder le spectacle; le reste, il s'en moque.

Et à deux heures, quand les attractions sont terminées, Olaf quitte le « Chrystal Bar », les idées claires, le portefeuille plein et fort satisfait de sa soirée...

Le lendemain matin, au petit déjeuner, le chef du groupe fait l'appel avant de partir pour la visite guidée de la ville. Quand il prononce le nom de Kirksen, personne ne répond. Il n'est qu'à moitié étonné. Cela fait déjà plusieurs fois que le jeune homme passe la nuit dehors. Si tout le monde était comme lui, on se demande à quoi ressemblerait le voyage. En tout cas, pas question de l'attendre pour la visite. Le responsable du groupe murmure :

— Qu'il aille au diable!

Mais s'il savait où se trouve Olaf Kirksen au même instant, il regretterait certainement ses paroles.

Quelle heure est-il?... Olaf Kirksen ne se souvient pas. Où est-il? Cela non plus, il ne saurait pas le dire. Il fait noir, un noir absolu. Il reste quelques minutes à reprendre ses esprits en attendant qu'il se passe quelque chose. Mais il ne se passe rien. Il prend conscience au contraire qu'il se trouve – comment dire? – dans un espace inconnu, indéfinissable. Il se sent comme s'il n'était plus sur terre.

Petit à petit, des souvenirs confus lui reviennent... Comme il sortait du « Chrystal Bar », deux hommes se sont approchés de lui et l'un d'eux a brusquement sorti un revolver. Il se rappelle parfaitement sa réaction: il a voulu se défendre. Il a allongé le poing, et c'est alors qu'il y a eu un terrible éclair, et puis plus rien...

Olaf Kirksen abandonne brusquement ses souvenirs pour se poser avec angoisse une question: « Mais où suis-je? »

Olaf a beau faire, il ne voit rien, il n'entend rien. Et, plus inquiétant encore, il ne sent plus son corps. Il ne peut faire aucun mouvement; il ne saurait dire où se trouvent sa tête, ses bras, ses jambes. Et c'est alors qu'une pensée l'envahit:

« Je suis mort! »

Pourtant, Olaf Kirksen, après quelques instants de panique, essaie de se reprendre. Il ne peut pas bouger, mais il peut peut-être encore crier. S'il entend sa voix, au moins, ça le rassurera. La voix, c'est la vie. Un mort ne crie pas. Alors il crie et il entend! Il entend une chose horrible, innommable. Ce son, c'est bien sa voix, mais transfigurée, hideuse, caverneuse, comme si elle montait des profondeurs de la terre, comme si c'était celle d'un fantôme ou celle d'un démon...

Olaf continue à crier. Il se laisse aller à la panique, il ne se contrôle plus. Combien de temps reste-t-il ainsi avec sa voix qui semble tourbillonner autour de lui, l'entourer? Combien de temps?...

Mme Lindmaier, une veuve de soixante-six ans, vit toute seule au 46 de la Wilhelmstrasse. Si elle habite cette rue, c'est qu'elle y est contrainte. Elle n'a pratiquement plus de ressources depuis la mort de son mari. Les quelques travaux de couture à domicile qu'elle peut encore trouver lui permettent tout juste de se nourrir et de payer le loyer de son trois pièces mansardé sans confort.

Ce jour-là, en se réveillant, Mme Lindmaier a une impression bizarre. Il lui semble percevoir du bruit ou plus exactement une voix. En prêtant l'oreille, car elle est un peu sourde, elle sort de son lit et se rend dans sa salle à manger. Là, il n'y a pas de doute possible : le son est beaucoup plus net. On dirait une plainte déchirante, une plainte qui n'a rien d'humain. Mme Lindmaier n'est pas brave. C'est que lorsque l'on vit seule à soixante-six ans dans un quartier pareil ! Et puis, sans se l'avouer, elle a toujours eu peur des fantômes.

Mme Lindmaier décroche donc son téléphone et appelle la police. Au bout du fil, on n'a pas trop l'air de s'inquiéter. Mais les agents promettent qu'ils vont venir...

Un peu rassurée, bien que le bruit n'ait pas cessé, Mme Lindmaier va s'habiller. De retour dans sa salle à manger, elle décide de se faire un petit café. Comme il ne fait pas trop chaud, elle allume son feu et met l'eau à bouillir sur le poêle.

Olaf Kirksen, continue de crier, tandis que, dans son esprit, une certitude s'impose de plus en plus : « Je suis mort. ». Seulement où, oui, où est-il ? Au paradis, certainement pas. En enfer ? Non. En enfer, il y a les flammes...

Et c'est alors qu'Olaf a une sensation de chaleur, suivie, tout de suite après, d'une odeur caractéristique : celle du bois qui brûle, des bûchers. Un air chaud bientôt suffocant l'environne. Olaf sent que tout est en train de bouillir autour de lui, que lui-même est en train de bouillir. Mais maintenant, il n'a plus peur. De quoi pourrait-il avoir peur puisqu'il est mort ? Simplement, il se demande pourquoi il est en enfer. Résigné, Olaf Kirksen, qui s'est tu, repasse mentalement toute sa vie en se demandant ce qui a pu lui valoir la damnation éternelle...

Trois policiers viennent d'entrer dans l'appartement de Mme Lindmaier. Le brigadier qui les conduit a l'air franchement sceptique. Quant à la dame elle semble un peu gênée en les recevant.

– C'est incroyable, messieurs, le bruit a disparu, comme ça comme par enchantement cinq minutes après vous avoir appelés.

Tandis que les deux agents examinent sans conviction les pièces, le brigadier questionne Mme Lindmaier.

– Alors, madame, d'où venaient-elles ces voix ?
– C'est difficile à dire. De partout, de nulle part. Ou aurait dit qu'elles venaient du ciel ou de l'enfer. Oui, plutôt de l'enfer...

Le brigardier considère la petite dame d'un œil professionnel. Ce n'est certainement pas une alcoolique. Elle est légèrement et gentiment toquée comme tant d'autres.

– Écoutez, madame, vous avez fait un mauvais rêve, voilà tout. Vous êtes peut-être un peu déprimée en ce moment. Si j'ai un conseil à vous donner, ne restez pas ici aujourd'hui. Allez passez la journée chez une amie. Et puis, la prochaine fois que vous entendrez vos voix, ne prévenez pas la police ; attendez qu'elles s'arrêtent d'elles-mêmes...

Quand les policiers sont partis, Mme Lindmaier se sent à la fois confuse et inquiète. Elle a beau faire des efforts, elle n'entend plus rien. C'est peut-être vrai que ses oreilles ou sa raison commencent à lui jouer des tours. Elle ne se sentait pas si vieille, pourtant.

Tout compte fait, Mme Lindmaier se décide à suivre le conseil du brigadier. Elle n'a aucune envie de rester seule ; elle va aller chez une amie. Elle met son manteau, son chapeau et avant de partir éteint son poêle.

24 octobre 1976, une heure de l'après-midi. Après avoir terminé sa visite guidée de Munich, le groupe des Danois est de retour à son hôtel. Contrairement à son attente, le responsable du voyage organisé ne trouve pas trace d'Olaf Kirksen. Cette fois, il est brusquement inquiet ; d'autant que le quartier du « Chrystal Bar », où il a passé la nuit, est loin d'être sûr. Il se décide alors à prévenir la police.

La police, elle aussi, prend tout de suite les choses au sérieux. C'est qu'il y a eu au même endroit, depuis plusieurs mois, une série d'attentats dont un certain nombre contre des touristes étrangers.

Les enquêteurs se rendent sur les lieux. Les deux entraîneuses se souviennent parfaitement d'Olaf, mais elles jurent ne rien savoir. Le Danois a quitté l'établissement à la fin du spectacle, à deux heures du matin. Elles confirment qu'il avait un portefeuille bourré de billets et qu'il l'a sorti à plusieurs reprises devant tout le monde.

Une fois dans la Wilhelmstrasse, les policiers cherchent en vain les traces d'une agression. Il n'y a rien de visible. La petite rue, qui n'est animée que le soir, est déserte, avec les immeubles vétustes qui la bordent, de petites habitations de trois étages, aux grosses cheminées...

Il est maintenant huit heures du soir. Mme Lindmaier rentre chez elle. Elle se sent mieux. Cette journée passée chez son amie lui a remis ses idées en place et lui a rendu sa bonne humeur. Elle a fait, ce matin, un mauvais rêve, voilà tout !

De son pas menu, Mme Lindmaier vaque à ses occupations. Elle allume son poêle, elle place dessus une casserole contenant du bouillon de légumes à réchauffer. Elle se confectionne deux tartines de beurre qui constitueront son dîner.

Et c'est au moment où elle est en train de manger que cela recommence. Un cri sourd, proche et lointain à la fois, dont elle ne peut localiser la provenance, un cri de douleur et de désespoir, un cri de l'autre monde, un cri de damné !

Mme Lindmaier se signe. Elle est devenue livide autant parce qu'elle a peur, que parce qu'elle est brusquement inquiète sur sa santé mentale. Mais elle est fermement décidée à suivre les ordres du brigadier. Tout cela est une illusion de ses oreilles ou de son cerveau fatigué. Elle ne doit pas appeler la police. D'ailleurs, la voix va s'arrêter ; elle s'est bien tue la dernière fois...

Mais la voix ne se tait pas, bien au contraire. Elle redouble d'intensité, elle est de plus en plus déchirante. Mme Lindmaier a terminé son frugal dîner ; elle s'est couchée. Mais elle a beau essayer, elle ne peut pas dormir. Elle prête d'oreille. Et, cette fois, elle se décide. Tant pis, elle appelle la police !

Quand on décroche à l'autre bout du fil, elle parle d'une toute petite voix.

– Ici... Mme Lindmaier, Wilhelmstrasse. Je sais, vous m'aviez demandé de ne plus vous appeler, mais les cris de ce matin sont revenus.

Le policier répond d'un ton rogue :

– Je suis au courant du dérangement de ce matin. Allez vous coucher, Mme Lindmaier.

Mais son interlocutrice ne lui laisse pas le temps de raccrocher.

— Écoutez, si je vous ai appelé c'est que la voix... J'ai fini par entendre : elle parle en danois. Je connais le danois, et j'en suis sûre.

Le policier de service s'est tu. Danois : cela lui dit quelque chose... Ah oui, un avis de recherche. Il retrouve la fiche. Voilà... Olaf Kirksen, qui a disparu... à la sortie du « Chrystal Bar », dans la Wilhelmstrasse !

Le policier crie presque.

— Nous arrivons, Mme Lindmaier. Que dit cette voix ?

La dame hésite un peu, comme si elle avait peur de dire une bêtise.

— Je crois bien que c'est : « Au secours » !

Quelques minutes plus tard, la police est devant le 46, Wilhelmstrasse, accompagnée d'une voiture de pompiers. Ceux-ci n'ont aucune difficulté pour monter sur le toit. Il y a, devant l'immeuble, un échafaudage.

Quand ils arrivent au-dessus de la cheminée de Mme Lindmaier, les pompiers se penchent. Ils introduisent une torche électrique et distinguent une paire de chaussures. L'instant d'après, à l'aide d'une corde à nœud coulant, ils remontent une forme noire, indéfinissable : c'est l'infortuné Olaf Kirksen qui, par miracle, est encore en vie.

Il est vraiment dans un état lamentable : tout son corps est noir de suie. Il n'a plus de cheveux – ils ont tous été brûlés – et il porte, au bas du crâne, une énorme ecchymose.

Les pompiers et les policiers explorent avec leurs projecteurs le conduit de cheminée où le malheureux a été jeté. Environ deux mètres au-dessous de l'ouverture, il fait un coude. C'est là qu'il s'est trouvé prisonnier, totalement coincé, la tête et le dos en position horizontale, les pieds en l'air, dans un cylindre d'un peu plus de cinquante centimètres de diamètre qui ne lui permettait pas le moindre geste.

Et c'est là qu'il est resté vingt-quatre heures, juste au-dessus de la cheminée de Mme Lindmaier avec laquelle communiquait son poêle, qu'elle a allumé à deux reprises.

Transporté d'urgence à l'hôpital, Olaf Kirksen a survécu après être resté un long moment entre la vie et la mort.

Quant à l'enquête policière, elle a suivi son cours et a fini par aboutir. Les coupables étaient les frères Lutz, deux des « artistes » du « Chrystal Bar » qui exécutaient précisément les fameux « tableaux vivants ». Cela faisait quelque temps déjà qu'après la représentation, renseignés par certaines entraîneuses, ils allaient attaquer les clients qui avaient sur eux de grosses sommes en liquide.

Devant les policiers, ils ont avoué :

– On a rattrapé le Danois à cent mètres du bar. Mais au lieu de se laisser faire, il s'est mis à se défendre comme un fou. Visiblement, c'était un costaud. Alors on l'a frappé, derrière la nuque, d'un coup de crosse. Il s'est écroulé sur le trottoir. Il saignait beaucoup. Il ne bougeait plus. On a cru qu'il était mort. On a voulu faire disparaître son corps et c'est à ce moment qu'on a vu les échafaudages devant la maison d'en face. On l'a monté sur le toit et on l'a jeté dans la première cheminée. Bien sûr, si on avait su qu'il était encore vivant...

Les deux hommes, qui avaient beaucoup d'autres agressions à leur actif, ont été condamnés à la prison à perpétuité. Quant à Olaf Kirksen, il est rentré chez lui, au Danemark. Mais il n'est pas prêt d'oublier son voyage en Allemagne. Un circuit de quinze jours parfaitement organisé, disaient les dépliants, avec toutes sortes de visites, d'excursions et d'attractions au programme. Un voyage qui comportait pourtant pour lui un supplément imprévu : une nuit en enfer.

La loi du désert

Hachem Kabir avance parmi les ruines de Palmyre, la cité antique qui se dresse à peu de distance de Damas, dans le désert de Syrie.

Il fait une nuit de pleine lune. Hachem Kabir marche à pas lents. Il n'a pas un regard sur le décor à la fois majestueux et romantique qui l'environne. Hachem Kabir n'est pas un touriste. S'il se trouve dans les ruines de Palmyre, en cette nuit du 16 octobre 1955, c'est pour une tout autre raison.

Hachem s'arrête au milieu de ce qui fut il y a un peu moins de deux mille ans le temple principal de la ville. C'est là... Il regarde autour de lui. Personne. Il est le premier. Il s'immobilise... Il est visible de loin, avec sa haute silhouette et son burnous blanc; son visage aux traits fins a quelque chose de juvénile et de grave à la fois. Il est vrai que Hachem Kabir n'a que dix-huit ans, mais que, malgré son jeune âge, il est déjà chef de famille. Ses parents sont morts l'année précédente dans une épidémie. Depuis, selon la coutume des tribus bédouines, c'est lui qui a la charge de sa sœur Suleima.

Hachem scrute les ruines désertes... C'est à

cause de Suleima qu'il est ici. Sa sœur, qui vient tout juste d'avoir dix-sept ans, est une beauté comme on en voit rarement, même parmi les filles du désert : grande, altière, avec d'immenses yeux noirs et une chevelure brune digne des Mille et une Nuits. Dans ces conditions, il n'est pas étonnant que Hachem ait été assailli de demandes de prétendants. Il les a repoussées. Il estimait de son devoir d'attendre un parti vraiment avantageux.

C'est pourquoi lorsque Ahmed Lahouine est venu à son tour faire sa demande, Hachem l'a écouté d'une oreille attentive.

Ahmed Lahouine est le fils d'un riche Bédouin. Il s'est déclaré amoureux fou de Suleima et il a proposé trente chameaux.

L'offre était considérable. Normalement, Hachem Kabir aurait dû accepter tout de suite. Sa qualité de chef de famille lui donnait ce droit. Mais il a toujours adoré sa sœur et, avant de dire oui, il a préféré lui demander son avis.

Dans les ruines de Palmyre, Hachem Kabir repense à sa discussion avec Suleima. C'était l'avant-veille.

— Suleima, Ahmed Lahouine te veut comme femme. Il propose trente chameaux.

La jeune fille s'est mise à éclater en sanglots. Hachem lui a pris le bras.

— Si tu ne veux pas de lui, je refuserai. Tu aimes quelqu'un d'autre ?

Suleima a hoché la tête.

— Qui ?
— Youssef Mourad.
— Le sergent méhariste ?
— Oui.
— Il t'a déjà parlé ?
— A la fontaine.

— Et tu veux l'épouser ?
— Oui.

Hachem a réfléchi. Youssef Mourad était un garçon honnête : de plus, les méharistes jouissent dans le désert d'un grand prestige. Il a embrassé sa sœur.

— Eh bien, tu diras à Youssef de faire sa demande. Je lui donnerai mon accord.

Restait le plus ennuyeux : annoncer la chose à Ahmed Lahouine. Dire que l'entrevue s'est mal passée est au-dessous de la vérité. Lahouine est devenu fou furieux. La main posée sur le manche de son poignard recourbé, il a répété :

— Ah, c'est comme cela !

Hachem a lui aussi le sang chaud. Il l'a congédié sans ménagement. Mais l'autre n'est pas parti. Il s'est approché, l'air menaçant.

— Tu as repoussé mon offre et insulté mon nom. Viendras-tu ce soir dans les ruines de Palmyre ?

Hachem a répondu calmement :

— Je viendrai.

Hachem Kabir, lui aussi, serre dans sa main le manche de son poignard recourbé. Il n'a rien dit à Suleima. Il ne voulait pas l'inquiéter. De toute manière, ce genre de duel se termine rarement par une mort. Il s'agit avant tout de satisfaire son honneur...

Une forme blanche vient d'apparaître entre les colonnes. Hachem Kabir voit Ahmed Lahouine s'arrêter à quelques mètres de lui. Hachem, d'un mouvement vif, sort son poignard de sa gaine. Son adversaire écarte de même le pan de son burnous. Et Hachem pousse un cri. Non, il a mal vu !... Une pareille traîtrise est impossible ! Mais si, c'est bien un revolver et non un poignard que Ahmed

Lahouine a sorti de sa ceinture. Il y a une détonation dans l'air sec du désert...

Le jour est revenu sur Palmyre... Suleima Kabir est partie à la recherche de son frère en compagnie de Youssef Mourad. Elle aperçoit le corps la première et se jette dessus en pleurant. Youssef reste debout, immobile. Lorsque sa fiancée se relève, il sent, à son seul regard, qu'un drame se prépare.

Suleima soulève le corps de son frère. Elle lance à Youssef Mourad, qui reste comme pétrifié :

— Eh bien, aide-moi ! On ne va pas le laisser là.

Le sergent méhariste s'empare de Hachem et le place en travers de la selle d'une des deux mules avec lesquelles ils étaient venus. A pied, ils refont le chemin en sens inverse sous le soleil déjà chaud. Youssef Mourad finit par rompre le silence.

— Que vas-tu faire ?

Suleima répond d'une voix à peine audible.

— Mon devoir.

— Tu vas prévenir la police ?

— Non.

— Mais c'est un meurtre. Il a reçu une balle dans le cœur.

La voix de la jeune fille se fait plus dure encore.

— J'ai vu. Il a été assassiné par un lâche. Et je sais qui c'est.

— Il t'avait dit qui il allait rencontrer dans les ruines ?

— Non. Mais cela ne peut être que Ahmed Lahouine.

Youssef Mourad essaie d'argumenter.

— Tu as sans doute raison. Mais c'est pour cela que nous devons tout dire aux autorités. Ahmed sera poursuivi et châtié.

Suleima Kabir toise son fiancé.
— Tu veux dire que tu vas le faire ? Tu vas parler ?
— Écoute, Suleima, il faut me comprendre. Je suis obligé. Je suis un méhariste, un militaire. Et il s'agit d'un meurtre.

Suleima Kabir a un regard haineux.
— Si tu fais cela, Youssef, tu peux me dire adieu pour toujours !

Le sergent méhariste garde le silence. Pendant un moment, on n'entend que leurs deux pas et ceux des mules. Il finit par pousser un soupir sans rien ajouter d'autre.

Suleima se met alors à parler, mais d'une voix étrange, lointaine, comme si elle était en train de rêver.
— Je vais faire enterrer Hachem ; après je partirai.
— Pour aller où ?

La jeune fille ne semble pas avoir entendu la question.

Elle poursuit :
— Je le ferai enterrer assis, car il ne trouvera pas le repos tant qu'il n'aura pas été vengé.
— Tu veux dire... ?
— Que je le vengerai, oui !
— Mais tu es folle ! Une fille ne se venge pas !
— Moi, si.
— Tu connais la loi du désert ? Tu sais de quelle manière doit agir le vengeur ?
— Oui, je le sais. Et je sais aussi que c'est à cause de moi que Hachem est mort. Par amour pour moi. Parce qu'il ne voulait pas me donner à l'homme que je n'aimais pas. Il a fait pour moi ce qu'aucun frère n'aurait fait. Et je ferai pour lui ce qu'aucune sœur ne ferait !

Il y a de nouveau un silence puis la voix de Youssef :

– Suleima, as-tu pensé à nous ?

Pour la première fois, la jeune Bédouine perd son accent farouche.

– Je n'ai pas le choix. Nous nous retrouverons peut-être après, si telle est la volonté d'Allah.

– Suleima, tu sais bien que ce n'est pas possible. Jamais tu ne pourras t'échapper après ce que tu veux faire.

La jeune fille ne répond pas. Youssef Mourad tente désespérément de la faire changer d'avis.

– Tu n'as aucune chance, Suleima. Tu ne pourrais pas te contenter de le tuer ?

– Non, ce ne serait pas une vengeance complète.

Youssef Mourad prend le bras de sa compagne.

– Alors, j'exécuterai la vengeance à ta place.

– Non. Tu n'as aucun droit pour le faire.

– Marions-nous. En tant que mari, je pourrai exercer la vengeance.

Mais Suleima secoue la tête.

– Je ne me marierai pas. Il faut nous séparer, Youssef. Nous nous retrouverons peut-être...

Ils sont arrivés au camp. Les Bédouins accourent vers eux en poussant des cris. Youssef Mourad regarde Suleima dans les yeux.

– C'est entendu, Suleima. Je ne dirai rien. Je renonce à toi par amour.

Au camp, ils découvrent peu après que Ahmed Lahouine n'est plus là. Il a disparu la nuit en chameau. Sa fuite est un aveu...

Trois jours plus tard, Suleima Kabir s'en va à dos de chameau, elle aussi. Elle emporte les bijoux qui auraient dû constituer sa dot. Elle en aura besoin pour vivre. Elle s'efforce de ne pas penser au dernier regard que Youssef lui a adressé quand elle s'est éloignée. Elle concentre au contraire ses souvenirs sur une image affreuse : celle de son frère, enterré assis sous les pierres du désert.

2 septembre 1956. Les rues de Hama, la grande ville syrienne, sont bruyantes de monde comme à l'habitude, d'autant plus que c'est jour de marché. Nul, bien entendu, ne prête d'attention particulière à cette femme voilée parmi tant d'autres, même si ses yeux – la seule chose qui soit visible de sa personne – dévisagent les passants avec une étrange insistance.

Voilà près d'un an que Suleima Kabir parcourt la Syrie à la recherche d'Ahmed Lahouine. Elle est d'abord allée à Damas, la capitale. Mais elle ne l'a pas trouvé. Elle a ensuite pris la route du Nord et, il y a trois semaines, elle est arrivée à Hama.

C'est une vie plus que pénible qui est la sienne, une errance à la fois misérable et dangereuse ; se promener ainsi par les rues est particulièrement risqué pour une femme. Elle a également d'énormes difficultés pour se loger. Mais elle ne renonce pas. Elle est soutenue, poussée par sa résolution et sa haine. Au fond d'elle-même, elle sent que Ahmed Lahouine ne lui échappera pas, qu'elle le retrouvera un jour, même s'il a quitté la Syrie, même si elle doit aller au bout du monde.

Dans sa recherche, Suleima est malgré tout aidée par sa condition féminine. Son costume voilé selon la stricte orthodoxie musulmane lui permet en effet de voir sans être vue ; elle peut en toute tranquillité dévisager les gens. Même si Ahmed Lahouine était à un mètre d'elle, il ne pourrait pas la reconnaître.

Suleima sursaute ! Ce mendiant assis par terre, ce jeune homme loqueteux et sale, se pourrait-il ?...

Suleima s'approche et regarde l'individu avec toute son attention. Évidemment, il n'a rien de commun avec le riche et arrogant Bédouin qui prétendait l'acheter à son frère pour trente chameaux, mais les traits sont bien les mêmes et cette déchéance est logique. Ahmed Lahouine s'est enfui précipitamment. Il a peut-être emporté un peu d'argent, mais il a dû vite le dépenser et se retrouver dans la misère.

Suleima dévisage toujours le mendiant. Tout correspond et la ressemblance est frappante, mais est-ce suffisant ? Elle n'a pas le droit de se tromper...

Le mendiant a remarqué la curieuse attitude de cette femme. Pensant à un mouvement de pitié, il tend la main.

— La charité au nom d'Allah, noble dame.

Suleima réprime un tremblement. La voix ! C'est bien la même. Son errance est terminée. C'est maintenant le plus dur qui va s'accomplir, mais elle n'a pas peur.

— Au nom d'Allah, noble dame...

Suleima s'enfuit sans répondre, mais elle s'arrête sous un porche, une vingtaine de mètres plus loin. Avec tous ces passants, elle n'aurait jamais la possibilité d'accomplir sa vengeance. Il faut qu'elle se trouve seule avec lui au moins quelques minutes. Elle doit donc attendre... Toute la journée se passe. La nuit vient. Suleima commence à devenir nerveuse. Une musulmane ne peut pas rester la nuit dans les rues. Elle va être obligée de quitter son poste d'observation. Alors, revenir demain ? Il est effectivement probable que Ahmed Lahouine aille tous les jours mendier à la même place, mais c'est seulement probable. Et si demain, il n'était plus là? S'il s'était méfié à cause de l'attitude de cette femme mystérieuse? S'il avait compris? Le mieux n'est-il pas d'agir tout de suite, malgré les passants encore nombreux à l'heure du crépuscule?

Suleima serre nerveusement le poignard à manche recourbé de son frère qu'elle porte sous sa tunique noire plissée. Ce n'est pas tant l'idée d'être prise qui la retient, c'est celle d'être arrêtée dans l'exécution de sa vengeance par un des passants.

La jeune fille pousse un cri étouffé. Allah est sans doute avec elle, car Ahmed Lahouine vient de se lever. Il s'est déplié avec lenteur et il s'avance maintenant d'un pas traînant. Suleima Kabir espère de toutes ses forces qu'il va s'engager dans une artère moins fréquentée. Et encore une fois, elle rend grâce à Allah : le mendiant vient d'obliquer dans une ruelle déserte. Il n'y a pas un instant à perdre.

Elle crie :

— Ahmed!...

L'interpellé se retourne. Sans doute a-t-il compris, mais il reste immobile à la regarder. Est-il paralysé par la surprise ou son orgueil de mâle lui interdit-il de fuir devant une femme?

— C'est toi, Suleima?
— Oui, c'est moi.
— Que veux-tu?
— Te tuer...

En même temps qu'elle a parlé, la jeune fille a sorti le poignard de son frère. Ahmed Lahouine balbutie :

— Mais je ne peux pas me battre avec toi!

Suleima éclate de rire.

– Qui parle de se battre ? Est-ce que tu t'es battu avec mon frère ?

Lahouine recule précipitamment. Suleima vient de sortir à présent un revolver de sa tunique. Il s'enfuit à toutes jambes. Mais c'est trop tard. Une détonation retentit, puis une seconde. Il roule à terre.

Les coups de feu ont été entendus. Plusieurs personnes se précipitent dans la ruelle. Et elles découvrent alors un spectacle horrible. Penchée sur sa victime. Suleima Kabir lui a ouvert la poitrine avec le poignard de son frère et elle est en train de lui arracher le cœur... Telle est en effet la vengeance des Bédouins : arracher le cœur ! Si elle s'était contentée de tirer, Suleima n'aurait peut-être jamais été prise. Elle serait peut-être parvenue à s'enfuir. Mais elle achève sa besogne. Elle est entourée, ceinturée. Elle n'oppose aucune résistance. Le cœur d'Ahmed Lahouine gît, sectionné sur le pavé à côté du reste de son corps. Elle est allée au bout de sa vengeance ; elle est satisfaite...

Comment juger un pareil cas avec des lois civilisées ? Malgré l'horreur de son acte, Suleima Kabir n'est pas vraiment une criminelle. Elle a agi par amour fraternel, de manière désintéressée, n'hésitant pas à compromettre définitivement son propre bonheur. Si elle n'avait écouté que l'égoïsme et la facilité, elle se serait contentée d'épouser Youssef Mourad, et de vivre sa vie.

Telles ont été, en substance, les paroles de l'avocat de Suleima Kabir lors de son procès, qui a eu lieu à Hama en janvier 1957. Il faut croire que les juges y ont été sensibles, car l'accusée n'a été condamnée qu'à cinq ans de prison. Elle est sortie trois ans plus tard et elle a bien sûr épousé Youssef Mourad qui l'avait attendue.

Leur premier soin a été, lors d'une cérémonie sinistre mais émouvante, de sortir le corps de Hachem Kabir de sa tombe et de le replacer en position couchée. La volonté du frère de Suleima s'était accomplie. Il pouvait dormir en paix.

Le parc du château

— Oui, c'est bien lui...

Dans la morgue de Landsberg, une petite ville de la Forêt-Noire, Heinz Bruner contemple le corps d'un individu barbu aux cheveux longs, habillé misérablement. Malgré ses cheveux courts et sa mise soignée, Heinz Bruner possède une incontestable ressemblance avec lui, ce qui n'a rien d'étonnant puisque le défunt, Otto Bruner, vingt-huit ans, était son frère, de cinq ans son cadet.

Nous sommes le 22 novembre 1971. Il y a un peu moins de vingt-quatre heures, Heinz Bruner, professeur d'allemand à Hambourg, a reçu une convocation du commissaire Werner Nielsen de Landsberg. Il s'agissait de venir reconnaître le corps d'un vagabond portant des papiers au nom d'Otto Bruner. Le commissaire Werner Nielsen, un homme d'une soixantaine d'années aux cheveux déjà blancs, repose le drap sur le défunt.

— Je vous remercie, monsieur Bruner. Je vais vous demander de me suivre pour signer votre déclaration. Il y a combien de temps que vous n'aviez pas vu votre frère ?

Heinz Bruner a l'air perdu dans ses souvenirs.

— Environ deux ans. Otto a toujours été un peu

marginal. Il a quitté Hambourg sans me prévenir et, depuis, il ne m'a plus donné de ses nouvelles. Mais de quoi est-il mort ?

— D'une chute. Il a dû tomber la tête en avant et il s'est brisé les vertèbres. Il a plusieurs morsures de chien aux jambes, mais elles n'étaient pas mortelles, le médecin est formel.

— Pardon ? Vous dites des « morsures de chien » !

— Oui, je suis désolé de vous l'apprendre, monsieur Bruner. Mais votre frère était en train de commettre un cambriolage quand il s'est tué. Nous avons été alertés hier matin par le comte von Melnig. Il venait de découvrir le corps dans le parc de son château.

— Ce n'est pas possible !

— Malheureusement, si. Nous avons vérifié. Otto Bruner n'avait ni ressources ni domicile connus. Il faisait partie d'un groupe hippie de Landsberg, qui vit d'expédients et habite en squatter des maisons en démolition. La conclusion quant à sa présence, la nuit, dans le parc du comte von Melnig, s'impose d'elle-même.

Heinz Bruner regarde intensément le policier.

— Je vous dis que ce n'est pas possible, commissaire ! Otto a toujours été un farfelu, un rêveur, pas un voleur.

— Je rends hommage à vos sentiments de famille, monsieur Bruner, mais les faits sont là. Vous avez dit vous-même que vous n'aviez pas vu votre frère depuis deux ans. Il peut s'en passer des choses, en deux ans...

— Par exemple ?

— Par exemple, la drogue ou l'influence d'un de ces gourous comme il y en a tant en ce moment.

— Pas Otto. Il ne se serait pas laissé manipuler.

— Alors, c'est qu'il aura agi de sa propre initiative.

De toute manière, l'enquête est close et ses conclusions sont claires.

– Eh bien, moi, je trouverai la vérité!

Le commissaire Nielsen change brusquement d'expression. Alors que, jusque-là, il avait adopté un maintien poli, voire compatissant, il durcit le ton:

– Je vous l'interdis, monsieur Bruner! Le comte von Melnig est une personnalité et si j'apprends que vous vous mêlez de cette affaire, je vous fais coffrer. C'est compris?

Heinz Bruner pousse un soupir qui passe pour une acceptation résignée. Mais c'est uniquement pour donner le change. Car, dès cet instant, sa décision est prise: il va refaire tout seul l'enquête. A priori, cela semble absurde. Le commissaire Nielsen ne peut qu'avoir raison. Et pourtant, Heinz Bruner est persuadé du contraire. Une intuition lui dit que la réalité est différente, qu'il s'est passé, derrière les hauts murs du château Melnig, autre chose qu'une tentative de cambriolage qui a tourné au tragique...

Le château du comte von Melnig, situé sur une hauteur, un peu à l'écart de Landsberg, est une de ces constructions romantiques comme il y en a plusieurs dans cette région d'Allemagne. Il est protégé par un haut mur d'enceinte. Heinz Bruner examine la propriété avec soin. Il est évident qu'une pareille demeure doit renfermer des trésors, mais il est tout aussi évident qu'elle doit être redoutablement protégée. S'y aventurer seul la nuit est tout, sauf raisonnable. Otto aurait-il donc perdu la raison?

Installé au volant d'une voiture de location, Heinz Bruner observe à distance la grande et élégante grille d'entrée. Il est là depuis quelques minutes lorsqu'une jeune fille, vêtue modestement, sort de la propriété en vélomoteur. La bonne, sans doute...

Heinz Bruner la suit. Elle circule dans les rues de Landsberg et finit par s'arrêter au marché.

Heinz Bruner l'examine de loin. Elle s'arrête chez les commerçants, qui semblent tous la connaître, et leur dit quelques mots. Visiblement, elle passe commande et ils iront livrer plus tard. Au moment où elle remonte sur son vélomoteur, Heinz Bruner se décide à l'aborder. C'est risqué, mais c'est le seul moyen d'apprendre quelque chose.

Avec un sourire rassurant, Heinz Bruner lui dit qui il est et la raison de sa présence à Landsberg. Sans lui faire part de ses soupçons, il lui explique qu'il se sentirait moins triste s'il avait quelques détails supplémentaires sur la mort d'Otto. La jeune bonne le regarde d'un air apitoyé. Heinz Bruner a du charme et il a toujours su s'y prendre avec les femmes.

– Vous êtes le frère de ce malheureux garçon ? Je vous plains. J'étais dans ma chambre, dans les communs, à l'autre bout du parc. M. le comte m'avait donné congé ainsi qu'aux autres domestiques. Il recevait.

– Il recevait cette nuit-là !

– Oui. Je crois même qu'il y avait pas mal de monde au château.

– Et vous avez dit cela à la police ?

– Non. On ne me l'a pas demandé...

Heinz Bruner arrête là son interrogatoire. La jeune bonne a brusquement l'air inquiète et il importe de ne pas éveiller ses soupçons. Il prend congé et, une fois qu'elle a disparu sur son vélomoteur, il réfléchit intensément... Ce qu'il pressentait se vérifie. Il y a quelque chose de mystérieux dans la mort de son frère. Un cambrioleur ne se serait pas introduit dans le parc un soir de réception ; il aurait fui en apercevant les lumières. Et, en admettant qu'il l'ait fait quand même, les invités auraient été alertés en entendant les aboiements des chiens. Or, c'est seulement le lendemain matin que le corps a été découvert. Qu'est-ce que cela signifie ? Quelle est cette étrange réception ? Et pourquoi le comte von Melnig a-t-il donné congé à son personnel ce soir-là ?

Plus que jamais décidé à aller jusqu'au bout, Heinz se rend, tout à fait à l'opposé de la ville de Landsberg, dans un quartier ouvrier en démolition. C'est là, dans les usines et les immeubles désaffectés, qu'a élu domicile la communauté hippie de Landsberg. Et c'est là, d'après les dires du commissaire Nielsen, qu'Otto Bruner habitait.

Les recherches d'Heinz ne durent pas longtemps. Dans la communauté tout le monde se connaît ou presque. Il découvre sans peine le témoin qu'il cherchait : un hippie chevelu et barbu, en apparence comme les autres, mais en apparence seulement, car il est le dernier à avoir vu Otto.

— Oui, je sais quelque chose, mais pour le dire, j'aurais dû aller voir les flics et, cela, pas question !

— Vous savez ce qu'il est allé faire chez le comte ?

Le hippie secoue la tête, agitant ses longs cheveux.

— Non, malheureusement... L'après-midi qui a précédé sa mort, un homme est venu rôder dans le coin. Il s'est adressé à plusieurs d'entre nous, qui l'ont envoyé promener. Il a fini par venir vers Otto et moi. Il nous a dit : « Je viens de la part du comte von Melnig. J'ai quelque chose de très intéressant à vous proposer. » Il avait une petite moustache et l'air d'un larbin. A mon avis, ce devait être un chauffeur, un garde-chasse ou quelque chose comme ça.

— Qu'est-ce qu'il vous a offert ?

— Mille marks !

— Pour quoi faire ?

– Se rendre le soir même chez le comte. Le volontaire n'aurait qu'à le suivre et, une fois sa tâche accomplie, il le raccompagnerait ici. Le tout ne devait pas prendre plus d'une nuit. J'ai bien sûr demandé de quoi il s'agissait. Le larbin moustachu n'a pas voulu me répondre. Il s'est contenté de me répéter que cela ne durerait pas plus d'une nuit et que c'était à prendre ou à laisser. J'ai refusé, mais Otto, lui, a accepté !

– Et il est parti ?

– Oui. J'ai bien essayé de le raisonner. Je lui ai dit que, à ce prix-là, cela ne pouvait pas être quelque chose de normal, qu'il allait lui arriver quelque chose. Il ne m'a même pas écouté. Il s'est contenté de sourire et il est monté dans la voiture du domestique, qui attendait à côté. Aujourd'hui, je me reproche de n'avoir pas insisté davantage. Mais vous savez comment il était, Otto. Quand quelque chose lui passait par la tête, ce n'était pas la peine de discuter avec lui.

Heinz Bruner garde le silence. Oui, il sait comment était son frère. Ce brusque emballement, ce saut dans l'inconnu était bien son genre. Il était tout à fait capable d'accepter une proposition saugrenue et inquiétante venant d'un inconnu, et pas forcément pour l'argent, par jeu, par défi... Heinz demande gravement :

– Vous répéteriez ce que vous venez de me dire devant un policier ?

Le hippy hésite un instant et finit par déclarer :

– Pour que Otto soit vengé et que le comte ne s'en sorte pas comme cela : oui !

Et, une heure plus tard, les deux hommes sont dans le bureau du commissaire Werner Nielsen. Après un court préambule d'Heinz Bruner, le hippy refait son récit. Lorsqu'il a terminé, le commissaire se tourne vers le frère de la victime.

– Vous aviez raison, monsieur Bruner. Je me suis contenté des déclarations du comte von Melnig et j'ai eu tort. Je vais reprendre l'enquête, mais je vais vous demander une chose : ne vous occupez plus de rien. S'agissant d'une personnalité comme von Melnig, ce ne peut être qu'une affaire extrêmement délicate. C'est à moi de jouer, maintenant.

30 novembre 1971. Une semaine s'est écoulée depuis que le commissaire Werner Nielsen a appris à Heinz Bruner les circonstances de la mort de son frère Otto. Les deux hommes sont de nouveau face à face, dans le bureau du commissaire. C'est ce dernier qui parle.

– Vous aviez parfaitement raison, monsieur Bruner : votre frère Otto n'était pas un voleur. J'ai fait mon enquête et maintenant, je sais la vérité.

– C'est von Melnig qui l'a tué?

– Non. C'est plutôt un accident...

– Comment cela « un accident »? Il l'a payé mille marks pour avoir un accident?

– Disons que le comte n'a pas voulu ce qui s'est passé. Il est coupable d'homicide par imprudence.

Heinz Bruner se raidit. Il sent qu'il va entendre une vérité cruelle.

– Je vous écoute, commissaire.

– Il y avait bien une réception au château, la nuit où votre frère a trouvé la mort. Une réception, à vrai dire, pas comme les autres.

– Une orgie?

– C'est ce que j'ai pensé un instant, mais j'ai vite su que non...

Le commissaire Nielsen ne quitte pas son interlocuteur des yeux.

– Le comte von Melnig est une des grosses fortunes de ce pays. C'est peut-être aussi une des personnes qui s'ennuient le plus. Il vit de ses rentes et, pour s'occuper, il a des distractions passablement bizarres avec d'autres gens comme lui.

— Qu'est-ce qu'ils ont fait ?

— Un pari, M. Bruner ! Le comte von Melnig était très fier de ses chiens de garde. Au cours d'une discussion avec ses amis, ils ont vanté les mérites de leurs chiens respectifs. Ils ont décidé de leur faire faire un concours et ils ont imaginé de recourir à un cobaye !

— Otto ?

— Oui. C'est ce qu'on a proposé à votre frère. Pour mille marks, il devait passer la nuit dans le parc. Il y avait une dizaine d'invités à la soirée. Chacun avait amené son chien et ils devaient lancer le leur à tour de rôle contre lui.

— Qu'est-ce qu'il s'est passé exactement ?

Le commissaire Nielsen a un air de compassion et de dégoût à la fois.

— Le drame a eu lieu tout au début de la soirée, quand le premier invité a lâché sa bête... Votre frère a pris peur. Il s'est enfui dans le noir ; il a trébuché sur une racine, il est tombé et s'est brisé les vertèbres. Par la suite, le chien s'est acharné sur lui, mais ce n'est pas lui qui l'a tué. Il était déjà mort.

Heinz Bruner est livide.

— C'est un véritable meurtre !

— Sur le plan moral, vous avez raison. C'est même un des plus répugnants que j'aie rencontré dans toute ma carrière. Mais sur le plan légal, on ne peut retenir que l'homicide par imprudence. Votre frère avait accepté, disons, une offre d'emploi et les choses ont mal tourné.

— Et le comte von Melnig va s'en tirer comme cela ?

— Ce n'est pas tant la prison qui sera dure pour lui, c'est le scandale. C'est un homme fini.

Heinz Bruner se lève pesamment et pousse un soupir.

— Peut-être... Mais il y a des moments où l'on a vraiment envie de faire justice soi-même!

Miss Détective

Elisabeth Logan, dix ans, a tout des Anglaises modèles qu'on voit sur les gravures ou dont on parle dans les comptines : les cheveux blonds bouclés, un petit nez retroussé, des yeux bleus à la fois espiègles et sérieux.

Pourtant Elisabeth Logan a une particularité qui la distingue des gamines de son âge ; elle a une passion sévèrement interdite aux petites filles en cette année 1928 : elle lit des romans policiers.

Elisabeth Logan se livre à son activité favorite lorsque ses parents la laissent seule, ce qui arrive souvent, M. Logan, qui occupe un poste important au Foreign Office, étant accaparé par ses obligations mondaines.

Ce 16 mai 1928, Elisabeth est absolument seule dans le pavillon de Chelsea, une banlieue résidentielle de Londres. C'est le jour de congé de la gouvernante. Après avoir avalé rapidement le dîner qu'on lui avait préparé, Elisabeth est allée à la bibliothèque paternelle et elle a pris un volume qu'elle se promettait de lire depuis longtemps : *Le meurtre de Roger Ackroyd*, d'Agatha Christie.

Il est près de minuit. Au comble de l'excitation, la jeune Elisabeth tourne les pages fébrilement à la lumière de sa lampe de chevet. De temps en temps, elle arrête sa lecture pour essayer de deviner le nom de l'assassin. C'est son sport préféré. D'ailleurs, c'est cela qu'elle fera quand elle sera plus grande : elle sera policière. Oui, une femme policier ! Elle arrêtera les plus redoutables bandits. Elle sera la terreur des assassins !

Elisabeth Logan est brutalement tirée de sa lecture par un cri de femme.

— Au secours ! A l'assassin !

Elisabeth saute au bas de son lit, court à la fenêtre, écarte les rideaux... Dans la rue déserte, un homme est en train de frapper une vieille femme. Elisabeth Logan voit parfaitement la scène : l'homme est armé. Il a un couteau. Mais elle ne ferme pas les yeux. Elle enregistre le plus de détails possible.

La vieille dame est tombée à terre. L'homme regarde à droite, à gauche, prend le sac et le collier de sa victime et s'enfuit en courant. Le tout n'a même pas duré trente secondes.

Elisabeth dégringole les escaliers jusqu'au salon. Elle bondit sur le téléphone. D'une voix qui ne tremble pas elle s'adresse à l'opératrice :

— La police ! C'est urgent.

Quelques instants plus tard, elle lance à la voix masculine qu'elle vient d'obtenir :

— Venez immédiatement au 16, Harvey Street. Il s'agit d'un meurtre...

Il est un peu plus de minuit lorsque les policiers sonnent au 16, Harvey Street. Le lieutenant Francis March, un grand gaillard à moustache rousse, se penche, surpris, vers la petite fille en robe de chambre rose qui vient de lui ouvrir.

— Qu'est-ce que vous faites là, jeune demoiselle ? Allez vite vous coucher. Où sont vos parents ?

Mais à sa stupéfaction le petit bout de bonne femme lui répond avec assurance :

— Mes parents sont sortis, lieutenant. C'est moi qui vous ai appelé.

Le lieutenant March suit, avec des yeux ronds, la petite fille qui le conduit dans le salon. Elisabeth lui désigne un fauteuil et s'assied en face de lui.

— J'ai tout vu de la fenêtre de ma chambre. Est-ce que la vieille dame est morte ?

Le lieutenant, totalement désorienté d'avoir à tenir ce genre de conversation avec un enfant, ne trouve pas ses mots.

— Je... enfin... non. Elle n'est que blessée. Mais vous avez vu cette chose horrible ?

Elisabeth Logan regarde le lieutenant Francis March de ses yeux bleus, qui sont en cet instant très sérieux :

— Vous me surprenez, lieutenant ! Il m'a semblé que l'homme avait frappé au cœur et la lame devait avoir vingt centimètres de long.

Le brave lieutenant est en train de se demander s'il ne rêve pas.

— Dites-moi, miss, quel âge avez-vous donc ?
— Dix ans. Pourquoi ?

Le lieutenant March s'allume une cigarette, ce qui ne lui arrive jamais pendant le service.

— Vous avez raison. La victime a été tuée sur le coup. Je vois que votre jeune âge ne vous empêche pas d'être observatrice. J'écoute votre témoignage.

Elisabeth se redresse sur son fauteuil et dit d'une voix posée :

— L'homme avait entre trente et trente-cinq ans. Taille : 1 m 75 environ, de type plutôt méditerranéen, cheveux bruns, petite moustache gominée ; il était vêtu d'un costume gris clair usagé, chemise blanche, sans cravate ; il portait une casquette à carreaux.

Devant l'air ahuri du policier, Elisabeth Logan ajoute, comme pour s'excuser :

– Je n'ai aucun mérite. La scène s'est passée tout près du réverbère...

Le lendemain 17 mai 1928, le lieutenant Francis March commence son enquête sur le meurtre de Chelsea. Une affaire tout ce qu'il y a de banal. Quoi de plus classique, en effet, qu'un crime de voyou dans les rues de Londres ? Mais ce qui n'est pas banal, c'est la personnalité du témoin principal. D'ailleurs, l'après-midi, Elisabeth revient dans son bureau pour faire sa déposition officielle. Elle est accompagnée, cette fois, de ses parents. M. et Mme Logan semblent beaucoup plus émus que leur fille, qui répète son témoignage avec calme et conclut :

– Je sais bien que le signalement pourrait convenir à beaucoup de gens. Mais si on me présente l'homme, je suis sûre de le reconnaître.

A la sortie des locaux de Scotland Yard, plusieurs journalistes sont présents. M. Logan tente de les repousser et précipite sa fille dans la voiture qui les attendait. Mais les photographes ont eu le temps de faire leurs clichés. Et le soir, les journaux paraissent avec la photo d'Elisabeth sous le titre : « La petite fille qui a vu l'assassin. »

18 octobre 1928. Elisabeth Logan est debout dans le métro londonien. Cinq mois ont passé depuis le meurtre dont elle a été le témoin. Aucun élément nouveau n'est survenu et l'assassin court toujours. Elisabeth n'a jamais cessé de penser à ce qui a été pour elle une grande aventure : elle a

rencontré des vrais policiers, elle a même été à Scotland Yard. Le seul ennui est que, depuis, ses parents, pris de remords et d'une inquiétude rétrospective, ne la laissent plus jamais seule le soir et qu'elle a les plus grandes difficultés à lire en cachette ses romans policiers.

Elisabeth Logan surveille distraitement les stations. Elle doit descendre à la prochaine pour se rendre chez son professeur de piano, à sa leçon hebdomadaire... Brusquement, elle sent son cœur battre : là, sur la banquette, l'homme de profil, c'est lui ! Elle est absolument sûre d'elle. Elle revoit comme si c'était hier le meurtre sous le réverbère. L'homme a changé de costume et il a fait couper ses moustaches mais il a gardé sa casquette. Il est seulement un peu plus âgé qu'elle ne l'avait dit aux policiers. Il doit avoir plutôt la quarantaine.

Elisabeth sursaute à nouveau. Le claquement des portes l'a surprise. C'était sa station et elle l'a laissée passer. Inconsciemment, elle avait déjà pris sa décision. Le signalement de l'homme ne pouvait pas apporter grand-chose aux policiers. Il leur faudrait un renseignement plus précis, son adresse par exemple. Elle va le suivre et découvrir où il habite.

Quatre stations plus loin, l'homme descend. La petite fille fait de même. Elle trottine derrière l'individu qui marche à grandes enjambées. La station est une correspondance. Quelle ligne va-t-il prendre ? Il ne faut surtout pas le perdre de vue.

Il y a très peu de monde dans le couloir où ils se trouvent. C'est peut-être le bruit saccadé que font les souliers d'Elisabeth sur le sol qui fait se retourner l'homme. Il se retourne et la voit... Elisabeth Logan se sent devenir glacée ! L'homme, pourtant, détourne la tête et reprend sa marche en avant.

Une autre ligne de métro maintenant... La petite fille est nerveuse car il s'agit d'endroits où elle ne va jamais, dans la périphérie ouvrière de Londres. Mais elle a décidé qu'elle irait jusqu'au bout. Elle s'est installée derrière l'individu, à quatre rangées de banquettes. Elle est idéalement placée pour le surveiller.

Le métro ralentit. L'homme se lève, ouvre la porte et descend. Elisabeth sort à son tour. Elle se force à ne pas avoir peur. C'est la station « East India Docks », la partie la plus misérable du port de Londres. Courageusement, la petite fille emboîte le pas à l'assassin, se disant intérieurement :

« Évidemment, il n'allait pas habiter Buckingham Palace ! »

L'homme prend une rue déserte entre deux rangées d'entrepôts. Elisabeth a une hésitation. Cette fois, cela devient vraiment dangereux. Elle cherche des yeux un policeman... Oui, là-bas, il y en a un. Mais il est loin. Si elle allait le trouver, elle perdrait l'assassin de vue et il lui échapperait. Alors, serrant les dents, tête baissée, elle reprend sa filature.

Là-bas, l'homme vient de tourner à droite. Elisabeth Logan se met à courir pour le rattraper. Elle tourne à son tour à droite... Qu'est-ce que cela veut dire ? Il a disparu. Elle court plus vite encore et s'arrête net, avec une sensation de cauchemar : cent mètres devant, un grand mur en briques sales barre la rue. C'est une impasse. Et derrière, elle entend un pas lent, calme. L'homme avait dû se dissimuler au coin et maintenant, il vient vers elle.

Elisabeth se met à courir droit devant... Elle est perdue, elle le sait. C'était un piège. L'homme l'avait remarquée dans le métro. Mais comment a-t-il pu la reconnaître, elle, puisqu'il ne l'avait jamais vue ? Elle était derrière sa fenêtre et il faisait nuit... Et brusquement, elle comprend : sa photo dans le journal ! Lui aussi, la connaissait.

Derrière elle, l'homme s'est mis à accélérer, mais juste ce qu'il faut, au pas de gymnastique. Il est sûr de lui, puisque sa proie n'a plus aucun moyen de lui échapper. Il y a un « clic » métallique : l'assassin vient d'ouvrir son couteau, son couteau à lame de vingt centimètres de long comme elle l'avait si bien observé à sa fenêtre.

Folle de terreur, la fillette entre dans un entrepôt désaffecté. Un refuge dérisoire ! L'homme y sera même plus à son aise pour la tuer que dans la rue où il peut, malgré tout, passer quelqu'un. Elisabeth Logan se trouve dans une cour sinistre. Elle se met à appeler au secours de toutes ses forces.

C'est alors qu'une voix s'élève du sol.
– Vite ! Par ici !

La fillette se baisse... En bas, il y a un soupirail dissimulé par les mauvaises herbes qui ont poussé un peu partout. Elle s'y jette la tête la première. Il était temps, l'homme vient de déboucher à son tour dans la cour. Il marche à pas lents, promenant son couteau devant lui.

– Je sais que tu es ici ! Je prendrai le temps qu'il faut mais je te trouverai, Miss Détective, et comme la vieille : couic !

Elisabeth sent un frôlement dans son dos. Elle se retourne : à la lumière du soupirail, elle distingue un jeune garçon de son âge environ, habillé misérablement d'un mauvais pantalon, d'une chemise sale et coiffé d'une casquette. Elle lui chuchote :

— C'est un assassin !

Le gamin a un rire muet et chuchote à son tour, avec son accent cockney :

— J'avais compris...

L'homme poursuit ses recherches à l'étage. Cela permet aux deux enfants de continuer leur dialogue à voix basse.

— Dis, pourquoi il t'a appelée « Miss Détective » ?

— Parce que c'est vrai. Je le suivais pour le faire arrêter.

Le gamin a un petit sifflement.

— Ben, dis donc ! T'es drôlement gonflée, pour une fille, surtout pour une fille de rupins ! Tu t'appelles comment ?

— Elisabeth. Et toi ?

— Buster.

— Dis, Buster, qu'est-ce que tu fais ici ?

— C'est là que j'habite... T'en fais pas, il ne peut pas nous avoir. Il n'y a que le soupirail comme entrée et il est trop grand pour passer.

Les deux enfants se taisent. L'homme vient de revenir dans la cour. Il a l'air particulièrement menaçant.

— Tu ne perds rien pour attendre, petite peste ! La prochaine fois, je ne te raterai pas. En attendant, tu peux toujours dire ce que tu as vu aux flics. Tu penses bien que ce n'est pas par là que j'habite.

Il replie son couteau à cran d'arrêt et il s'en va en jurant. Lorsqu'il a disparu, Elisabeth agrippe le bras de son compagnon.

— Buster, il faut que tu le suives !

— Quoi ! T'es malade ?

— C'est le seul moyen d'avoir son adresse. Toi, tu peux, il ne te connaît pas.

Le gamin hésite visiblement. Elisabeth Logan continue :

— Une fois que tu as l'adresse, tu vas la porter à Scotland Yard et tu dis aux policiers de venir me chercher ici. Tu ne vas pas me dire que tu as peur, Buster ? Que tu as moins de courage qu'une fille !

Visiblement vexé, le gamin hausse les épaules.

— Non, évidemment ! Mais moi, les flics, tu sais...

Elisabeth ne l'écoute plus.

— Allez vite, dépêche-toi !

Elle a gagné. Sans répondre, Buster bondit à travers le soupirail et s'en va en courant. Elisabeth Logan reste quelque temps à reprendre ses esprits et sa respiration et, vaincue par les émotions, elle s'endort...

Lorsqu'elle se réveille, c'est la nuit noire. Mais, à travers le soupirail, elle distingue la lumière crue de projecteurs et puis des appels et des bruits de souliers ferrés sur le pavé de la cour. Enfin, une petite main qui se tend à travers l'ouverture.

— Viens, Elisabeth.

Éblouie par la lumière, étouffée par ses parents, qui l'embrassent en pleurant, la petite fille cherche des yeux Buster et le trouve enfin à son côté.

— Alors, ils l'ont eu ?

Le gamin laisse éclater sa joie.

— Et comment ! Mais c'était juste. Il était en train de faire ses valises. Faut croire que tu lui avais quand même fait drôlement peur !

Le lieutenant March s'approche à son tour, en triturant sa moustache et en toussotant pour cacher son émotion.

– Vous nous avez fait peur à tous, Miss. Vous êtes une sacrée petite bonne femme!

Franck Graham – c'était le nom du meurtrier – a été jugé l'année suivante par Old Bailey, la cour criminelle de Londres, condamné à mort et pendu. Buster et Elisabeth, que tout opposait dans leur destinée, ne se sont jamais revus après la dramatique poursuite des docks.

Quant à « Miss Détective », elle a continué à lire des romans policiers, mais elle a été guérie à tout jamais de sa vocation. Elle s'était aperçue, en effet, que les assassins ont un gros défaut : ils peuvent être parfois terriblement dangereux.

Le massacre de Fort Weston

L'aube se lève sur Fort Weston, près de Charlotteville, en Caroline du Nord et cette journée du 6 mai 1970 s'annonce tout aussi belle que les précédentes...

Il y a déjà quelques signes d'activité, mais aucun clairon ne sonne le réveil. Si l'endroit est bien une enceinte militaire, ce n'est pas une caserne, c'est une sorte de ville close où vivent des officiers et sous-officiers avec leurs familles et qui sert également de camp d'entraînement pour les jeunes recrues. En ce mois de mai 1970, les États-Unis sont en pleine guerre du Viêt-nam et les occupants de Fort Weston sont soit des conscrits qui vont y partir, soit des permissionnaires qui en reviennent.

Le sergent Smith appartient à la seconde catégorie. Lui, il ne retournera jamais dans le Sud-Est asiatique. Il a été gravement blessé là-bas et il a une pension d'invalidité définitive. C'est après sa blessure, à Fort Weston même, que le sergent Smith s'est mis à la drogue. Il a failli en mourir, il a été sauvé par le médecin-capitaine Turner.

Philipp Turner, vingt-huit ans, est une personnalité à Fort Weston. Dynamique, souriant, brun aux yeux bleus, un véritable physique de cinéma. Il a choisi par vocation la carrière de médecin militaire. Ce n'est pas la chirurgie, la traumatologie qui l'intéressaient mais plutôt la psychologie du soldat. Philipp Turner a toujours voulu soigner le moral aussi bien que le corps et il y réussit à merveille. A Fort Weston, le principal problème est la drogue, et, par sa chaleur humaine autant que par les médicaments, le capitaine Turner a sauvé plus d'une jeune recrue de la mort. Il habite dans un pavillon, en compagnie de sa femme Marjorie et de ses deux filles, Emily, quatre ans, et Jane, deux ans...

Le sergent Smith marche en sifflotant dans les allées de Fort Weston, tenant dans ses bras deux bouteilles de lait et un bouquet de roses. Il va les offrir au capitaine et à sa famille, comme il le fait de temps en temps, en témoignage de reconnaissance.

Le sergent Smith sonne au petit pavillon. Il attend quelques instants une réponse et s'aperçoit alors que la porte est seulement poussée. Il lance :
– Capitaine Turner?

N'obtenant toujours pas de réponse, il entre... Le capitaine est là, dans l'entrée, allongé sur le petit canapé qui s'y trouve. Le sergent Smith s'approche.
– Capitaine Turner!...

On réagit parfois bizarrement devant l'horreur. Dans certains cas, le choc est tellement fort que la constatation pure et simple des faits précède l'épouvante, un peu comme l'éclair précède le tonnerre. Le sergent Smith pense : « C'est drôle, la main du capitaine est détachée de son poignet. » Ce n'est qu'après qu'il s'aperçoit du reste et qu'il se met à hurler :
– Manson!...

Car le spectacle qu'il a sous les yeux ne peut se comparer, dans son horreur, qu'avec l'assassinat, par Charles Manson et sa bande, de Sharon Tate et de ses amis dans leur villa d'Hollywood. La famille Turner a été massacrée avec une sauvagerie inouïe. Les deux petites filles, Emily et Jane, ont été lardées de coups de couteau et les meurtriers leur ont arraché les yeux. La mère, Marjorie, a eu la tête coupée, ce qui n'a pas empêché que le crâne ait été broyé. Mais le plus horrible, c'est qu'elle était enceinte et que les assassins se sont acharnés sur son ventre. Sur le mur, un index sanglant a tracé en lettres majuscules le mot anglais : « PIGS », c'est-à-dire « PORCS ». C'est cette même signature que Manson laissait derrière lui.

Le sergent Smith est brutalement tiré de sa stupeur. Derrière lui, il vient d'entendre un gémissement. Il se précipite. Non, le capitaine n'est pas mort ! Par un hasard miraculeux il a survécu à ses horribles blessures. Il se dresse du canapé tout couvert de sang, avec sa main pendante qui ne tient plus que par quelques tendons... C'est hallucinant !

— Smith, il faut que je parle...

— Rallongez-vous, capitaine, je vais chercher du secours.

— Non. Je vais peut-être mourir. Il faut qu'on sache...

Le sergent s'immobilise. Effectivement, il faut qu'on sache quels sont ceux qui ont fait cela et qu'on les châtie... Le capitaine Turner a de la peine à prononcer chaque mot.

— Ils étaient quatre. Trois hommes : deux Blancs et un Noir, et une femme. La femme était leur chef...

Le blessé s'arrête, épuisé. Smith se demande s'il va pouvoir continuer... Oui, il reprend la parole :

— La femme était blonde. Elle avait un manteau blanc et des bottes blanches. Elle leur donnait des ordres. Elle leur disait : « Le L.S.D. est le bien, le L.S.D. tue les porcs ! Tuez tous ces porcs ! »

Le capitaine ferme les yeux et retombe sur le canapé. Le sergent essaie de lui poser une dernière question.

– Les hommes, c'étaient des hippies? Ils avaient de la barbe, des cheveux longs?... Répondez, capitaine!

Mais le capitaine ne répond pas. Il a perdu connaissance. Alors le sergent Smith se précipite dehors pour donner l'alarme...

Compte tenu que le crime a eu lieu sur une base militaire, une double autorité policière s'est emparée de l'enquête : l'autorité militaire, représentée par le commandant Harris et l'autorité civile, représentée par Nathaniel Crawley, shérif de Charlotteville.

Les deux hommes ont pour éléments de départ les propos du capitaine Turner, rapportés par le sergent Smith, et les premières constatations faites sur les lieux, notamment les armes des crimes, qui ont été découvertes sur la pelouse du pavillon : un couteau de cuisine, un rasoir et une bûche de quarante-cinq centimètres de long. A côté se trouvaient des linges imbibés de sang, avec lesquels les meurtriers ont tenu leurs armes, ce qui explique qu'elles ne portent pas d'empreintes.

C'est tout pour l'instant, le capitaine Turner étant sur la table d'opération, dans un état très critique...

Le commandant Harris et le shérif Crawley ont une discussion tendue dans le bureau de la direction du camp.

– Shérif, j'ai l'intention de réquisitionner la force armée pour fouiller le camp hippie de Charlotteville.

Le shérif a un haut-le-corps :

– Vous êtes complètement fou!

– Il y a bien un camp hippie sur la colline de

Charlotteville, non ? Combien sont-ils là-dedans ? Mille ? Mille cinq cents ? Vous n'avez rien fait pour les surveiller. Et maintenant, voilà le résultat !

Nathaniel Crawley, trente ans, est un jeune shérif. Lui aussi porte les cheveux longs. Bien que la majorité des habitants de Charlotteville lui fassent confiance, ils sont nombreux parmi ses concitoyens à le considérer comme un hippy pur et simple. Ce n'est, bien entendu, pas le cas, mais Nathaniel Crawley a toujours préféré employer vis-à-vis d'eux la méthode douce, la compréhension, plutôt que la répression.

— Qu'est-ce qui vous dit que ce sont les hippies, commandant ?

— Cela ne peut être qu'eux ! C'est un crime de drogués. Turner a parlé de L.S.D.

— Et alors ? Vous savez d'où vient la drogue ? De Fort Weston ! Vous savez qui la vend ? Les soldats, qui la ramènent du Viêt-nam. Ce sont eux les trafiquants ! C'est parce qu'il y a un camp militaire près de Charlotteville que les hippies s'y sont installés.

— Il n'empêche que le capitaine Turner a parlé de civils.

— Pas du tout. Il a parlé de trois hommes et d'une femme. Il peut s'agir de trois soldats et, des femmes, il y en a à Fort Weston. Vous oubliez, vous, que Manson n'a pas tué dans un camp militaire fermé. Car, en admettant que ce soit des hippies, il a tout de même fallu qu'ils entrent... Commandant, la première chose à faire, ce n'est pas d'envoyer la force armée à Charlotteville, c'est d'interroger les sentinelles.

Le commandant Harris veut bien se ranger à ce point de vue et l'enquête commence par l'interrogatoire des sentinelles. Elles étaient deux à la porte d'entrée et elles sont affirmatives.

– Aucun de nous n'a dormi ; nous avons bavardé toute la nuit.

– Justement, vous avez pu avoir un moment d'inattention.

– Quatre personnes, cela se remarque. Surtout une femme avec des bottes et un manteau blancs...

Effectivement, c'est cette femme en blanc qui pose le plus de problème dans la thèse de meurtriers venus de l'extérieur. S'ils ne sont pas passés par la porte d'entrée, ils ont dû alors escalader un des murs d'enceinte. Mais ils font près de dix mètres et il y a plusieurs patrouilles pendant la nuit. Pour une telle équipée, une femme en blanc n'est pas précisément le chef idéal.

Quoi qu'il en soit, aucune patrouille, aucun témoin n'a aperçu les hippies et les murs d'enceinte ne recèlent aucune trace d'escalade. Alors, des meurtriers faisant partie des habitants du camp ?... Malgré toute sa répugnance, le commandant Harris doit bien se résoudre à admettre l'hypothèse.

– Tout de même, shérif, je n'arrive pas à comprendre pourquoi on s'en est pris à Turner. C'est un type formidable, unanimement respecté.

– Justement pas ! Son action contre la drogue ne devait pas lui apporter que des amis. Pas chez les vendeurs, en tout cas.

– Et ces vendeurs, vous croyez qu'ils vont parler ?

– Eux non, mais les consommateurs, oui. Les circonstances sont trop graves pour qu'ils se taisent, même si cela doit leur occasionner des ennuis...

C'est le soldat Orville qui parle le premier devant le commandant et le shérif.

– Je sais que je risque la prison, mais je vais dire tout ce que je sais. Et comme ça fait deux ans que je suis au camp, je sais pas mal de choses... Je prends du hasch, de l'héro, du L.S.D. Mais je ne suis pas une exception, loin de là. Ce serait plutôt ceux qui n'en prennent pas qui en seraient une !

Le commandant Harris l'interrompt.

— Et vous n'avez pas été voir le docteur Turner pour vous faire soigner ?

Le soldat Orville a un ricanement.

— Si, commandant ! Mais pas pour me faire désintoxiquer : pour m'approvisionner !

— Qu'est-ce que vous dites ?

— Vous savez, la drogue, c'est un sale truc. C'est bougrement dangereux de s'en approcher, même pour la combattre. Au début, le docteur Turner faisait formidablement son boulot. Il a guéri des tas de types. Et puis un jour ou l'autre, il s'est fait avoir. C'est tellement tentant ! On vous propose tellement d'argent... Bref, les désintoxications n'étaient plus qu'une façade. Turner en soignait dix, mais il en approvisionnait cent. C'était devenu un dealer, quoi...

Le shérif Nathaniel Crawley prend en main la photo du capitaine Turner qui traîne sur le bureau devant lui. Il contemple ce sourire franc, ce beau regard. Cet homme dont toute la famille a été massacrée et qui lutte en ce moment contre la mort, ne serait donc pas un héros, une victime, mais un simple malfaiteur, un trafiquant, comme tant d'autres ?

Brusquement, il vient au shérif Crawley une épouvantable impression. Cette affaire, commencée dans l'horreur physique, va s'achever dans l'horreur morale. Et ce sera plus insupportable encore !...

Effectivement, tout de suite après, un nouveau témoin se présente. Il s'agit du soldat Bernardini depuis six mois à la base de Fort Weston. Il est très agité.

— Il faut que je dise ce que j'ai vu ? Quoi que ce soit ?

— Évidemment !

Le soldat prend sa respiration et parle comme on se jette à l'eau.

— La nuit dernière, j'étais dehors. J'avais quitté mon cantonnement pour passer la nuit dans un pavillon du camp. Une histoire de femme... Je passais devant chez le capitaine Turner lorsque je l'ai vu sortir et jeter des objets sur la pelouse. Il faisait assez sombre et je n'ai pas bien distingué ce que c'était. Comme je n'étais pas moi-même dans une situation très régulière, je n'ai pas insisté. Maintenant, évidemment, c'est différent...

Le commandant Harris et le shérif Crawley se regardent. Ils ne se disent rien. D'un seul coup, leurs divergences, leur antipathie se sont effacées. Ils prient le soldat Bernardini de se retirer et ils restent un long moment silencieux... Le shérif prend le premier la parole.

— Je ne voulais pas le croire, mais je m'en suis douté depuis le début. Cette histoire de femme en bottes et manteau blancs ne m'inspiraient pas confiance. Cela faisait inventé.

Le commandant Harris soupire.

— Il n'est pas sûr qu'il l'ait inventé, shérif... A mon avis, Turner ne faisait pas que vendre de la drogue, il en consommait aussi. Ce doit être sous l'effet du L.S.D. qu'il a massacré toute sa famille et, dans son délire, il a cru voir effectivement ce qu'il a dit dans son témoignage.

— C'est vraisemblable, effectivement. Et maintenant, qu'allons-nous faire ?

— Attendre de pouvoir l'interroger...

Mais ni le commandant Harris ni le shérif Crawley n'ont jamais pu interroger le capitaine Turner. Il est mort le jour même des effroyables blessures qu'il s'était, selon toute vraisemblance, infligées lui-même.

Le dossier du massacre de Fort Weston a donc été classé. Et dans le fond cela valait mieux ainsi. Poursuivre le capitaine Turner, le juger, le condamner, n'aurait servi à rien. Dans cette histoire, il n'y avait qu'un seul coupable : la drogue.

Le cheval blanc

1905. Qu'est-ce qui a changé depuis des siècles dans cette partie reculée de l'Irlande que constitue le comté de Cork ? Rien, en apparence, du moins dans les campagnes. Les paysans habitent toujours les mêmes maisons trapues aux cheminées fumantes sur les toits de chaume. Les paysages semblent intouchés par la civilisation : des hauteurs dénudées, battues par les vents, couvertes de landes, avec, de temps en temps, des lacs ou des tourbières.

Non, rien ne semble avoir changé depuis le Moyen Age, pas même l'imagination des hommes. Pour les rares habitants de ce pays sauvage et beau, la lande est toujours peuplée des mêmes occupants : les « petites gens », comme on les appelle, c'est-à-dire les lutins, les génies, les gnomes et les fées. Ils sortent la nuit. La lande est alors leur domaine, tandis que les mortels restent peureusement chez eux...

En cette année 1905, Michael O'Leary, trente-cinq ans, est tonnelier à Killery, près de Clonmel. C'est un brave garçon, travailleur comme pas un, artisan consciencieux. Ses tonneaux pour les fabricants de bière, la seule production de la région, sont toujours prêts à temps. Avec cela il est sobre, il a de la religion et il est bon époux.

Avec sa femme Caroll ils forment même un couple très uni. Jamais une dispute en dix ans de mariage. Le seul reproche que Michael O'Leary fait à sa femme, est de ne pas lui avoir donné d'enfant. Il a consulté une guérisseuse, mais les potions de cette dernière se sont révélées inefficaces. Il faut dire que Caroll, blonde et frêle, n'a jamais eu beaucoup de santé.

Et, au début de mars 1905, l'état de Caroll O'Leary se dégrade brutalement. On ne peut pas dire qu'elle soit vraiment malade, c'est plutôt une sorte de langueur. Elle n'a plus le goût à rien, plus d'appétit, elle parle à peine et d'une voix faible. Elle reste couchée la plupart de la journée et dort des heures entières.

A mesure que les jours passent, Michael O'Leary est de plus en plus inquiet. Il n'aime pas l'état de sa femme. Si elle avait la fièvre, des boutons, enfin quelque chose de visible, ce serait une maladie et il ferait venir le vétérinaire, car, bien sûr, il n'est pas assez riche pour payer le médecin. Mais ce dont souffre Caroll n'est pas vraiment une maladie, c'est autre chose de plus inquiétant. Plus Michael y réfléchit et plus il se persuade que c'est le mauvais mal. Caroll, qui lui semble si changée depuis quelque temps, si indifférente à tout, Caroll est peut-être habitée par une fée.

Car, comme tous les habitants de la région, Michael O'Leary croit aux fées. Les fées en Irlande sont des êtres malfaisants qui prennent possession d'un corps, d'une âme, et y restent tant qu'on ne les déloge pas.

Bientôt, Michael ne peut plus se cacher la vérité. Cette voix étrange qu'a prise Caroll depuis quelque temps, ces yeux absents qu'elle a quand elle le regarde, comme si elle ne le connaissait pas... Caroll n'est plus elle-même, la malédiction est entrée dans leur maison. Caroll est habitée par une fée !

A la fin de mars 1905, Michael O'Leary se décide à parler à son beau-père, le vieux Timothy. Il l'a invité chez lui en même temps que ses deux beaux-frères, Jack et Patrick.

Dans la grande salle, près de la cheminée, alors que Caroll dort dans la chambre à côté, Michael O'Leary leur résume ses pensées. Il parle à voix basse comme chaque fois que l'on évoque les « petites gens » de la lande.

— Je suis inquiet pour Caroll. J'ai peur qu'elle ait... le mauvais mal.

Le vieux Timothy tire sur sa pipe à travers sa barbe grise. Lui aussi a vu sa fille tout à l'heure et il a eu la même pensée. Il répond sans regarder son gendre :

— C'est possible...

Michael O'Leary se tourne vers ses beaux-frères. Ils hochent tous deux la tête sans dire un mot. Ils sont du même avis que le père : une fée a pris possession de leur sœur.

Michael parle d'une voix sourde :

— Alors vous êtes d'accord ? Il faut appeler le docteur des fées.

Les trois hommes répondent de nouveau par un hochement de tête. Ils sont d'accord. Après un moment de silence pesant, le père demande entre deux bouffées de sa pipe :

— Et si ça ne marche pas ?

Il y a de nouveau un silence et la voix de Michael O'Leary répond d'un ton sinistre :

— Si ça ne marche pas... on verra.

4 avril 1905. Josuah Dunn se présente chez Michael O'Leary. Il a l'air d'un vagabond avec ses cheveux blancs couverts de poussière, ses vêtements sales et rapiécés, mais Michael, son beau-père Timothy et ses deux beaux-frères l'accueillent avec un respect craintif. Josuah Dunn est le docteur des fées. Il habite une cabane au milieu de la lande, là où aucun être humain n'ose s'aventurer après le crépuscule. Lui, il vit en compagnie des « petites gens »...

Le docteur des fées, sans dire un mot, va dans la chambre de Caroll. La jeune femme dort sur son lit. Elle est très pâle. Ses cheveux sont plus blonds que jamais. Elle semble ne plus avoir de couleur.

Sans la réveiller, Josuah Dunn l'examine. Puis il dit à voix basse à l'intention des hommes qui attendent debout derrière lui, à distance respectueuse :

– C'est bien ça...

Ensuite il revient dans la grande salle et s'approche de la cheminée. Dans un chaudron rempli d'eau, il verse des herbes qu'il sort de ses poches. Une fumée âcre emplit la pièce... Pendant une demi-heure, la décoction cuit sur les braises. Personne ne prononce une parole. Enfin, Josuah Dunn va chercher un bol qu'il remplit du breuvage bouillant et tous à sa suite se dirigent vers la chambre de Caroll.

Caroll O'Leary se réveille et ouvre des yeux étonnés en voyant tout ce monde. Le docteur des fées lui tend le bol.

– Il faut boire...

La jeune femme prend le récipient comme un automate et le repousse après l'avoir porté à ses lèvres.

— Ça sent mauvais, je ne veux pas.

Josuah Dunn adresse à Michael un regard pessimiste. Cela se présente mal. Il se penche vers Caroll :

— Il faut boire. C'est pour guérir.

Caroll regarde son mari, son père et ses deux frères qui l'encouragent des yeux. Elle hésite un moment et finit par ingurgiter le breuvage. Mais elle ne peut s'empêcher de faire la grimace :

— C'est mauvais!

Nouveau regard du docteur des fées en direction du mari. L'affaire se présente de plus en plus mal.

Josuah Dunn s'adresse à la malade. Il parle d'une voix forte :

— Es-tu Caroll O'Leary, femme de Michael O'Leary le tonnelier?

Caroll les regarde tous sans avoir l'air de comprendre.

— Mais oui, bien sûr!

— Peux-tu nous le jurer?

Caroll O'Leary est plus blanche encore qu'il y a quelques instants. Elle se laisse tomber sur son oreiller.

— Mais pourquoi?... Je ne me sens pas bien, laissez-moi. J'ai mal au cœur.

Sur un signe de Josuah Dunn, les quatre hommes se retirent. Ils vont dans la grande salle à côté et là, à voix basse, le docteur des fées rend son verdict.

— Il n'y a pas de doute possible. D'abord elle a refusé les herbes, ensuite elle n'a pas voulu jurer... Les fées ne jurent jamais.

Et il s'adresse à Michael.

— Allait-elle sur la lande quelquefois?

— Oui, pour chercher du bois.

– De quel côté ?

– Le plus souvent sur le mont Saint John.

– Alors c'est là qu'une fée l'a prise. Les herbes n'ont pas agi. Je ne peux rien faire.

Et sans un mot de plus, il s'en va...

Michael O'Leary, son beau-père Timothy et ses beaux-frères Jack et Patrick restent silencieux dans la grande salle sombre. Le soir est tombé. Ils ne parlent pas mais ils savent qu'ils pensent tous à la même chose : à ce qu'on leur a appris lorsqu'ils étaient enfants. Lorsqu'une femme, possédée par une fée, n'est pas délivrée par les herbes, il faut la conduire là où a eu lieu l'envoûtement. Et il faut brûler son corps qui est en réalité le corps de la fée. C'est le seul moyen de la délivrer. Ensuite, elle reparaîtra la nuit même ou l'une des nuits suivantes sur un cheval blanc. Son mari doit l'attendre, un couteau à la main et trancher d'un seul coup les rênes. Alors, sa femme tombera dans ses bras et il la retrouvera...

C'est le vieux Timothy qui parle le premier, d'une voix sourde.

– Il faut faire le nécessaire.

Tous ont compris. Personne ne fait d'objection. Ils se lèvent et se dirigent vers la chambre où ce n'est pas Caroll qui est en train de dormir, mais un être maléfique qui a pris sa forme...

Un quart d'heure plus tard, quatre hommes cheminent à travers la lande en direction du mont Saint John. Deux d'entre eux portent une forme enveloppée dans une couverture. Le troisième tient une lampe à pétrole, le quatrième a un couteau à la main.

Peu après, une lueur apparaît au sommet de la colline. Les rares habitants des environs qui l'ont vue, ont dû penser que cette nuit-là les « petites gens » faisaient leur sabbat.

Six nuits passent... Chaque soir Michael se rend sur le mont Saint John avec son couteau pour couper les rênes du cheval blanc. Seulement ni celui-ci ni Caroll ne sont au rendez-vous.

Le 10 avril, un berger découvre sur les lieux un corps carbonisé et alerte la police.

L'enquête est brève. La victime est identifiée rapidement. Michael O'Leary, interrogé, ne nie rien.

— Bien sûr, c'est moi qui ai brûlé Caroll. C'est toujours le mari qui doit le faire s'il veut que la fée soit détruite et que sa femme revienne. D'ailleurs vous n'avez qu'à demander à son père et à ses frères, ils étaient d'accord avec moi.

Les aveux de Michael O'Leary entraînent son arrestation ainsi que celle de ses beaux-frères Jack et Patrick et du vieux Timothy.

Quelques mois plus tard, ils passent en jugement devant la cour de Cork. Étrange procès. Les juges et les jurés sont désorientés. On se croirait revenu au Moyen Age. Il y avait bien eu quelques affaires de ce genre au XIXe siècle, mais chacun pensait que ces choses-là appartenaient au passé.

L'allure des accusés ajoute encore au malaise. Michael O'Leary n'a rien d'un monstre. Au contraire, c'est un garçon ouvert, bien bâti, qui semble tout à fait équilibré. Ses deux beaux-frères sont également des gaillards débordant de santé. Quant à Timothy, avec sa barbe grise, il semble doué de toute la sagesse des vieux paysans.

Et pourtant, ce sont eux qui affirment sans aucun remords, sans aucune gêne, qu'ils ont brûlé vivante Caroll O'Leary. Ils ne s'en repentent pas, bien au contraire. Ils ont fait leur devoir. Ils ont fait cela pour elle, pour la délivrer. Il ont agi par amour. Et bien entendu, ils plaident non coupables.

Dans ces conditions, le procureur ne peut que requérir le maximum. C'est-à-dire quatre peines de mort. Car la préméditation ne peut être niée.

Du point de vue juridique, c'est incontestable. Et pourtant les jurés ne peuvent cacher leur trouble. Ils ont entendu tous les témoins affirmer à la barre que les accusés étaient des hommes honnêtes, droits, irréprochables. Ils se sont rendus coupables du plus atroce des crimes, froidement conçu et exécuté et pourtant ils ont cru bien faire.

Aussi, y a-t-il un immense soulagement dans le prétoire lorsque les avocats des accusés, contrairement aux directives qu'ils ont reçues, plaident coupables avec circonstances atténuantes.

Le jury s'empresse de suivre leur conclusion et Michael O'Leary est condamné à vingt ans de prison, tandis que le père et les frères de la victime n'ont que cinq ans avec sursis pour complicité.

Dans ce procès hors du commun, la justice a fait ce qu'elle a pu en espérant que ce cas serait le dernier.

Pourtant, en entendant le verdict, Michael O'Leary a une réaction terrible, un cri de tout son être.

— Vingt ans, ce n'est pas possible! Elle ne m'attendra pas vingt ans. Il faut que j'aille sur le mont Saint John...

Il faut l'emmener de force tandis qu'il continue à crier :

— Vous n'avez pas le droit! Je veux retrouver Caroll. Vous n'avez pas le droit!...

Michael O'Leary est sorti de sa prison huit ans plus tard, grâce à une remise de peine pour bonne conduite.

Une fois rentré chez lui, Michael O'Leary est revenu à son idée fixe. Chaque nuit, un couteau à la main, il partait sur la lande en direction du mont Saint John. Là, il passait toute la nuit à attendre et, au petit matin, rentrait chez lui.

La police, d'abord inquiète, a fini par comprendre que Michael O'Leary, que dans la région on s'était mis à appeler « le fou au couteau », n'était dangereux pour personne. Avec son arme, il n'avait aucune idée homicide. Elle n'était destinée qu'à trancher les rênes d'un cheval blanc qui viendrait une nuit lui rendre sa femme.

C'est trois ans plus tard, un jour d'octobre 1916, qu'un berger a découvert un corps en contrebas de la colline Saint John.

Quand la police est venue sur les lieux, elle a reconnu aussitôt Michael O'Leary. Son couteau était tombé non loin de lui. L'ancien tonnelier paraissait serein. Il y avait même une sorte de sourire sur ses lèvres...

L'enquête a conclu à un accident. Que pouvait-elle conclure d'autre ? Dans la nuit, le malheureux avait fait un faux pas et il était tombé dans les rochers en contrebas.

Mais les gendarmes, qui étaient de la région, savaient bien que ce n'était pas vrai. Michael O'Leary connaissait trop la colline Saint John pour s'y être tué accidentellement. En fait, chacun comprenait ce qui avait dû se passer.

Cette nuit-là, la dernière de son existence, Michael O'Leary a cru voir, a vu enfin le cheval blanc et Caroll qui lui revenait libérée de la mauvaise fée. Il s'est précipité pour couper les rênes.

C'est en faisant ce geste qu'il a perdu l'équilibre, ou peut-être – qui sait ? – lorsque Caroll est tombée dans ses bras...

Pour Michael O'Leary l'histoire de fée s'est terminée conformément à la légende.

La ronde de nuit

Depuis une demi-heure, les deux hommes avancent côte à côte sans se voir. D'abord, parce qu'il fait nuit noire ce 17 février 1963, une nuit sans lune, avec une petite pluie froide, continuelle, qui transperce leur capote et leur uniforme de douanier. Ensuite, parce qu'ils ne se regardent pas. Depuis qu'ils sont partis pour cette patrouille dans le bois de Murnau entre le village de Pfänder et le lac de Constance à la frontière austro-allemande, ils n'ont pas échangé une parole.

Hans Ehrlich, vingt-cinq ans, n'en est pas à sa première patrouille. Ce genre de reconnaissance le long du lac de Constance, chemin de prédilection des contrebandiers, il en fait plusieurs fois par an. A côté de lui, il entend le pas régulier de son compagnon et le halètement du chien qu'il tient en laisse. Parfois même, dans un passage difficile, il lui arrive de le frôler. Si c'était n'importe qui d'autre que Peter Sachs, depuis longtemps il lui aurait parlé à voix basse, il lui aurait demandé : « Ça va ? », il aurait bougonné des réflexions, du genre : « Fichu temps, fichu métier, vivement qu'on soit couché... » Seulement voilà, c'est Peter Sachs, alors Hans Ehrlich serre les dents et se tait.

C'est la première fois qu'ils sont de patrouille de nuit ensemble. Jusque-là, leurs chefs avaient soigneusement évité de les envoyer tous les deux. Mais ce coup-ci, ça n'a pas été possible. Les effectifs de la douane autrichienne étaient, depuis quelque temps, décimés par la grippe; ils étaient les seuls disponibles.

Avant de partir, le brigadier leur a expliqué brièvement leur mission :

— Vous traverserez le bois de Murnau jusqu'au lac de Constance. Là, vous vous séparerez, Hans à droite, Peter à gauche. Vous suivrez la rive pendant dix minutes et vous reviendrez.

Et il a ajouté d'un ton sans réplique :

— Pas de blagues entre vous. Vous êtes des douaniers, c'est-à-dire des soldats.

Car le brigadier, bien sûr, comme tout le monde au village de Pfänder et même dans la région, était au courant de la rivalité des deux hommes. Une histoire compliquée, qui évoquerait plutôt la vendetta corse ou sicilienne, mais qui a pour cadre cette partie montagneuse et brumeuse du nord de l'Autriche. Leurs grands-pères étaient déjà brouillés, leurs parents plus encore et Hans et Peter, en se retrouvant sur les bancs de l'école, ont repris à leur compte la vieille querelle familiale. Ils ont passé toute leur enfance à se battre; il y avait la bande de Peter et la bande de Hans. Et puis après leur service militaire, comme beaucoup de jeunes gens de ce village frontalier, ils sont devenus douaniers...

Hans avance dans le noir au côté de son ennemi de toujours. Pour la première fois, il tourne la tête dans sa direction. Il ne voit rien et pourtant il est là. Il entend le bruit de ses pas. C'est drôle, il ne s'est jamais vraiment interrogé sur les sentiments réels qu'il ressentait pour Peter. Il a toujours cru, jusqu'ici, que c'était de la haine. Mais dans cette solitude et cette obscurité où ils sont à présent tous les deux, il se prend brusquement à réfléchir. Non ce n'est pas de la haine, c'est plutôt une question de fierté, d'orgueil. Depuis le début, ils se sont trouvés l'un en face de l'autre et depuis le début, ils ont voulu être tous les deux le plus fort, le premier...

Hans Ehrlich entend un craquement à une vingtaine de mètres sur sa droite. Quelque chose a bougé là-bas. Il devrait avertir son collègue par un chuchotement. Il essaie d'ouvrir la bouche. Mais il n'y a rien à faire, il ne peut pas. Alors il arme son fusil, ce qui produit un petit claquement sec. A son côté, il entend le même petit claquement. Peter a compris. Pendant deux ou trois minutes, les deux hommes restent immobiles et silencieux, mais il ne se passe rien. Au bout d'un moment, toujours sans prononcer une parole, ils repartent côte à côte.

Ils approchent du lac de Constance. Hans Ehrlich sent monter l'humidité. Il arrive le premier sur la berge boueuse du lac. Là, selon les consignes, il tourne à droite, tandis que son compagnon, sans même ralentir, oblique à gauche. Ils se sont séparés sans se dire un mot.

Il fait très froid près du lac. En continuant seul sa reconnaissance, Hans se sent geler. Plus il avance, et plus il est mal à l'aise. Décidément, il n'aime pas du tout cette patrouille. Il a hâte qu'elle soit terminée et même, il doit bien le reconnaître, il a peur...

Hans Ehrlich marche depuis un quart d'heure, lorsque trois coups de feu claquent au loin. Il a un cri :

— Ce n'est pas Peter! Ce n'est pas lui qui a tiré!

Effectivement, ce n'est pas le bruit de son fusil, ce sont des coups de revolver.

Aussi vite qu'il le peut, en glissant dans la boue, en manquant dix fois de tomber à l'eau, Hans Ehrlich court vers le lieu de la fusillade. Il repasse à l'endroit où ils s'étaient séparés. Il continue en criant de toutes ses forces.

— J'arrive Peter!

Mais quelques instants plus tard, il se heurte à une forme allongée. Il braque sa lampe électrique : Peter est mort. Il n'a pas besoin de l'examiner longtemps pour s'en rendre compte. Il a reçu une balle en plein front. A son côté, le chien est sagement assis sur ses pattes arrière, tirant la langue. Hans lui adresse un regard plein de colère : une bête mal dressée qui n'a pas su défendre son maître, faire son métier de chien de douanier.

Hans essaie de scruter les alentours, mais c'est impossible : on ne voit rien. On n'entend rien non plus. Il faut donner l'alerte le plus vite possible. Il n'y a rien d'autre à faire.

A toute allure, il revient sur ses pas. Il n'a pas besoin de s'orienter pour traverser le bois de Murnau, il le connaît par cœur, il y a joué tant de fois quand il était enfant. Il s'y est battu tant de fois avec Peter et sa bande.

Épuisé, à bout de souffle, couvert de boue, il arrive à la gendarmerie. Mais il est deux heures et demie du matin et il n'y a personne. Il a beau appeler, tambouriner sur la porte, on ne l'entend pas. Il faut dire qu'il est tellement épuisé qu'il a à peine la force de crier. Alors, anéanti, brisé par la fatigue et l'émotion, ne sachant plus ce qu'il fait, il rentre chez lui.

A son aspect et à son visage bouleversé, sa

femme comprend tout de suite qu'il est arrivé un malheur. Il a tout juste la force de lui dire :

— Peter... au bord du lac... ils l'ont tué!

Et c'est à ce moment que le téléphone sonne. D'un geste automatique, Hans Ehrlich décroche. Au bout du fil, une voix de femme. Elle lui crie sans même dire allô :

— Où est Peter?

Hans qui n'a toujours pas repris son souffle, ne comprend pas.

— Mais qui êtes-vous?

— Je suis sa femme. Je viens d'appeler la douane. Ils m'ont dit que vous étiez en patrouille tous les deux et que vous n'étiez pas rentrés.

Avec tous les ménagements possibles, dans l'état second où il se trouve, Hans lui annonce que Peter a été tué par des contrebandiers. De l'autre côté du téléphone, il y a un long silence et puis un hurlement.

— Assassin!

Par bribes, aves des phrases hachées, Hans Ehrlich essaie de s'expliquer, mais la femme ne le laisse pas parler.

— C'est vous qui l'avez tué. Je le sais! Je vais appeler les gendarmes.

Et elle raccroche...

A sept heures, les gendarmes sont là, en compagnie du maire. Hans, qui est venu leur ouvrir, s'avance vers eux la main tendue. Mais personne ne la lui prend. L'officier de gendarmerie fait un pas vers lui. Hans et lui se connaissent bien; ils étaient camarades de classe et il faisait même partie de sa bande.

— Hans Ehrlich, veuillez me remettre votre arme et me suivre.

Dans l'esprit de Hans, tout se met à tourner.

Werner Scheffel, son vieux copain de classe, Werner qui lui dit « vous » et qui lui parle sur ce ton solennel...

— Ce n'est pas possible ? Tu ne crois tout de même pas... ?

Mais l'autre le dévisage d'un regard dur avec une expression de dégoût. Il fait un signe de la tête à ses hommes.

— Allez, emmenez-le ! Hans Ehrlich, vous êtes en état d'arrestation.

Hans se retourne vers le maire. Il essaie de s'accrocher à lui. C'est un vieil ami de ses parents ; il l'a vu grandir. Lui, au moins, il sait que ce n'est pas vrai. Le maire le repousse avec horreur comme si son contact lui était insupportable.

— Vous avez eu tort, Ehrlich !

Hans lui crie encore, tandis que les gendarmes l'entraînent :

— Mais vous m'avez toujours appelé Hans !

A la gendarmerie de Pfänder, l'interrogatoire commence. Pour Hans Ehrlich, c'est un véritable cauchemar. Tous ceux qu'il a en face de lui sont ses camarades, ses amis, et ils le traitent avec une froideur glaciale comme le plus odieux des assassins. Werner Scheffel est implacable.

— Vous portiez le même uniforme. Vous étiez en service tous les deux et vous l'avez tué parce que vous le détestiez depuis toujours. Votre cas est très grave, Hans Ehrlich.

Le malheureux Hans se défend de toutes ses forces.

— Ce n'est pas moi, je te le jure ! D'abord, ce ne sont pas des coups de fusil qui l'ont tué, mais des coups de revolver. Ce ne sont pas les mêmes balles. On va bien le voir à l'autopsie.

Werner Scheffel tape du poing sur son bureau :

– D'abord, je vous interdis de me tutoyer ! Et si ce que vous dites est vrai, cela prouve tout simplement que vous avez emporté un revolver avec vous. Dans ce cas, il y a eu préméditation.

Puis il se met à le harceler de questions.

– Et le chien ? Comment expliquez-vous que le chien n'ait pas bougé, n'ait pas défendu ce malheureux Sachs, sinon parce qu'il connaissait l'agresseur ? Et après, qu'avez-vous fait ? Pourquoi êtes-vous rentré chez vous sans alerter les gendarmes et la douane ?

Hans tente de répondre comme il peut. Si, il a été à la gendarmerie, mais il n'y avait personne ! Il est rentré chez lui parce qu'il était épuisé, bouleversé. Mais il allait appeler ses collègues. Pour le chien, effectivement, il s'est posé lui-même la question : il ne comprend pas...

Les jours qui passent ne changent rien à l'attitude de Werner Scheffel, et des autres. Au contraire, le village fait corps derrière la femme de la victime pour accuser Hans Ehrlich. Pour tout le monde, c'est une certitude : c'est lui l'assassin.

La femme de Hans est traitée comme une pestiférée, plus personne ne lui adresse la parole ; elle reçoit chaque jour des lettres de menaces. Mais elle, au moins, tient bon. Elle est la seule qui croit à l'innocence de son mari et elle a juré de tout faire pour en apporter la preuve.

A la prison, ce sont ses visites qui permettent à Hans de résister. Il avait d'abord espéré qu'un avocat du pays, ami de longue date de sa famille, accepterait de le défendre. Mais celui-ci lui a déclaré avant toute chose :

– Je veux bien, à condition que vous plaidiez coupable. Sinon, les gens d'ici ne me le pardonneraient pas et je perdrais ma clientèle.

Alors, Hans doit se contenter d'un avocat commis d'office. C'est lui qui a la lourde charge de le défendre à son procès, qui s'ouvre fin janvier 1964, devant un village entier coalisé contre lui. Tous ces gens parlent sans haine, presque sans passion. Pour eux, Ehrlich est l'assassin parce que c'est évident, c'est tout.

Aux cris, aux larmes de l'accusé, l'avocat général répond en le traitant de comédien et de menteur. Dans ces conditions, Hans Ehrlich n'a aucune chance et, le 31 janvier 1964, après une courte délibération du jury, il est condamné à vingt ans de réclusion.

En prison, il continue à clamer son innocence. Il prend à témoin ses co-détenus; il leur raconte son histoire pendant la promenade, au réfectoire. Mais il ne fait qu'exaspérer tout le monde. Dans le fond, qu'il soit innocent ou coupable, ils s'en moquent. Bien plus, si c'était vrai, tant mieux! Ce serait bien fait! Beaucoup ne lui pardonnent pas d'être un ancien douanier. Dans cette région frontalière, bon nombre de prisonniers ont été condamnés pour contrebande.

A partir de ce moment, la détention de Hans Ehrlich devient un véritable calvaire. Il est la risée de tous; on lui lance:

– Hé l'innocent! Ça va l'innocent?

Comme naguère le village, la prison s'est liguée contre lui. Et les gardiens qu'il dérange presque toutes les nuits par ses cris, ne sont pas mieux disposés envers lui.

Au bout de six mois, il est définitivement brisé. Sa femme, qui vient le voir à chaque visite autorisée, est bouleversée: il a l'air d'avoir vieilli de dix ans. Quand elle essaie de lui parler à mots couverts de ses efforts pour obtenir la révision du procès, des démarches qu'entreprend son avocat, il ne l'écoute même plus.

Un an s'écoule ainsi. Mais dix-huit mois après la condamnation de son mari, le 24 juillet 1965, Mme Ehrlich pénètre en trombe dans la gendarmerie de Pfänder. Elle a l'air triomphant. Elle brandit un morceau de papier qu'elle met sous le nez de Werner Scheffel.

– Tenez, regardez et lisez! C'est une lettre anonyme qui dit que mon mari est innocent et qui donne le nom du vrai coupable : Hermann Vogler. Alors, vous reconnaissez maintenant que vous vous êtes tous trompés et que c'était lui qui disait vrai?

L'officier de gendarmerie considère le feuillet avec mépris et lui lance un regard froid.

– Tout ce que je vois, c'est une lettre anonyme et ce n'est pas ce genre de témoignage qui peut intéresser la police, surtout un an et demi après.

Mme Ehrlich pâlit. Elle avait cru gagner, elle avait cru que la fin de son cauchemar était arrivée. Elle se rend compte que tout reste à faire.

– Mais cet Hermann Vogler existe sûrement. Il faut savoir qui il est.

Werner Scheffel émet un ricanement.

– Comme si vous ne le saviez pas!

– Parce que vous, vous le connaissez?

– Bien sûr, c'est un ancien contrebandier allemand qui doit vivre maintenant de l'autre côté du lac... Bon, maintenant, nous avons assez perdu de temps comme ça. Tout ce que je peux faire, c'est ne pas vous arrêter pour faux témoignage. Car cette lettre, vous l'avez faite vous-même. Mais ne recommencez pas, sinon je serai moins indulgent...

Mme Ehrlich ne renonce pas. Bien au contraire, elle est plus que jamais décidée à se battre. Elle va trouver l'avocat. Maintenant, on sait qui est le coupable ; on sait même où le trouver. Elle le supplie de tout faire pour obtenir ses aveux, d'employer la persuasion, la menace.

Et l'avocat accepte.

Il n'a aucun mal à découvrir que l'homme habite à Lindau, sur la rive allemande du lac de Constance. Et quelques jours plus tard, c'est lui qui se présente à la gendarmerie de Pfänder. Mais cette fois, ce n'est pas une simple lettre anonyme qu'il tient à la main, ce sont les aveux écrits et signés de Hermann Vogler, l'assassin de Peter Sachs.

Dans sa lettre, il raconte comment il a commis le meurtre, la nuit du 17 février 1963. Ce soir-là, il débarquait sur la rive autrichienne avec un chargement de tabac. Il s'est trouvé nez à nez avec le douanier, il s'est affolé et il a tiré. Le chien, sans doute mal dressé, n'a pas bronché.

Vogler explique ensuite tout ce qu'il a ressenti à l'arrestation de Hans Ehrlich et à sa condamnation. Il était tiraillé entre son remords et la hantise de la prison. Pendant un an et demi, cette dernière a été la plus forte et puis, brusquement, c'est devenu le remords. Il ne pouvait plus vivre ainsi. Mais il a voulu se laisser une dernière chance. C'est pourquoi il a imaginé cette lettre anonyme. Si la police n'y croyait pas, tant pis pour Ehrlich, si elle y croyait, tant pis pour lui.

Pâle comme un mort, Werner Scheffel décroche son téléphone pour demander aux autorités allemandes l'arrestation de Hermann Vogler. Et une semaine après, Hans est enfin tiré de sa prison.

A son procès, Vogler a été condamné à dix ans de réclusion. Le jury a sans doute tenu compte de sa dénonciation spontanée bien que tardive.

Quant à Hans Ehrlich, il a été réintégré dans le corps des douaniers avec le grade supérieur. Mais il a demandé et obtenu deux faveurs : être muté à une autre frontière, le plus loin possible de Pfänder, et être exempté de toutes les rondes de nuits.

La maison du malheur

Caroline et Nicolas Dupré parcourent les grandes pièces vides d'une maison située à proximité du village de Soisy-la-Forêt, dans l'Oise. Nicolas Dupré, trente-cinq ans, cadre commercial dans l'automobile, a tout de l'homme encore jeune et dynamique. Caroline, trente ans, est une jolie petite blonde mais elle a on ne sait quoi d'effacé et même de fragile. Nicolas lui désigne un emplacement dans la pièce principale :

– Je verrais très bien le canapé ici.

Caroline Dupré a un mouvement involontaire du corps :

– Ne montre pas cet endroit! Tu sais bien que c'est là que... qu'on a retrouvé la malheureuse.

– Ah non, tu ne vas pas recommencer!

– C'est plus fort que moi. Je ne peux pas m'empêcher d'y penser.

Nicolas Dupré pose ses deux mains sur les épaules de sa femme. Il lui parle comme à un enfant...

– Écoute, Caroline, c'est justement à cause de ce meurtre que nous pouvons avoir cette maison. Quinze millions! Tu te rends compte? Elle en vaut presque le double. Personne ne voulait l'acheter à cause de cela.

Caroline Dupré regarde son mari avec des yeux craintifs.

— A Soisy-la-Forêt, les gens l'appellent la « maison du malheur ».

— Les gens sont des idiots! Quel malheur veux-tu qu'il nous arrive?

Caroline Dupré se tait. Ce n'est pas elle qui décide dans le ménage. Elle sait bien qu'il est inutile d'insister. Pourtant des idées affreuses l'obsèdent. Il y a six mois, le 16 janvier 1962, un drame sanglant s'est produit à cet endroit même : le propriétaire précédent a égorgé sa femme au cours d'une dispute. Il est en ce moment en prison où il attend d'être jugé. Et Caroline a beau faire, elle a beau se raisonner, elle ne peut pas s'empêcher d'avoir peur...

16 janvier 1963. Les Dupré sont installés depuis six mois dans leur maison de Soisy-la-Forêt. Les craintes de Caroline se sont révélées vaines. Nicolas a beaucoup de goût pour la décoration et il a su aménager l'intérieur d'une façon charmante. Elle-même s'est occupée du jardin et en a fait un endroit ravissant. En ce jour anniversaire de l'assassinat, la « maison du malheur » n'a jamais si mal porté son nom.

Ce soir-là, les Dupré dînent avec Juliette, la sœur de Caroline. Le repas est sans histoire. Juliette prend congé vers dix heures car la route est assez longue pour rentrer à Paris et il y a du verglas. Caroline et Nicolas sont sur le point de se coucher lorsqu'on sonne. Caroline passe la tête à la fenêtre : ce sont les gendarmes.

— Madame Dupré? Il faut que vous veniez avec nous. Votre sœur a eu un accident.

Caroline Dupré pousse un cri :

– C'est grave ?
– Oui, madame. C'est grave...

Dans la voiture de gendarmerie, Caroline se serre contre son mari. Le trajet n'est pas long. Deux kilomètres plus loin, on distingue des lumières clignotantes sur la route. Un des gendarmes se tourne vers la jeune femme :

– Il va vous falloir beaucoup de courage, madame...

Comme un automate, Caroline Dupré sort du véhicule et suit le gendarme. Une civière est posée près de la voiture de Juliette transformée en amas de ferraille. Un des gendarmes soulève la couverture. Juliette est morte, mais de quelle manière ! Elle a eu la gorge tranchée...

En ramenant sa femme, anéantie, Nicolas Dupré, tout en étant bouleversé par cet affreux malheur, a une pensée : pourvu que Caroline ne fasse pas le rapprochement ! Le même jour que le meurtre, Juliette égorgée, elle aussi... Pourvu que Caroline n'en rende pas responsable la « maison du malheur ». Car, si c'est le cas, la vie va devenir tout bonnement impossible.

16 janvier 1964. Caroline Dupré est seule dans la maison de Soisy-la-Forêt. Dehors, il fait un temps épouvantable : il neige par rafales, le vent se déchaîne ; il est quatre heures de l'après-midi et il fait déjà nuit.

Depuis la mort de sa sœur Juliette, Caroline Dupré vit un enfer. Elle est sûre maintenant que sa première intuition ne l'avait pas trompée, que leur maison est maudite. Nicolas ne l'a pas écoutée et Juliette est morte par sa faute.

Tout de suite après l'enterrement de sa sœur, elle a essayé de convaincre Nicolas de quitter la maison.

Elle a supplié, elle a crié, elle a menacé. Rien n'y a fait. Nicolas a tenu bon. Pour lui, ce n'était que des idées de bonne femme. Dès qu'elle se serait remise de la mort de sa sœur, tout irait mieux. En tout cas, pas question de quitter la maison. Depuis, les relations entre eux sont devenues tendues. Le mot de divorce a même été prononcé.

Le vent redouble de violence... Le chauffage fonctionne à merveille et pourtant Caroline se sent glacée. Bien sûr, c'est dans sa tête que cela se passe. C'est la peur qui la glace. La « maison du malheur » a déjà tué les deux 16 janvier précédents et aujourd'hui elle va frapper encore une fois. Qui va être la troisième jeune égorgée ? Qui, sinon elle ?

Caroline Dupré se lève et parcourt des yeux la grande maison vide. Elle a un frisson lorsque son regard tombe sur le canapé, l'endroit où il y a deux ans... Et, pour comble de malheur, elle est seule ! Nicolas est en voyage d'affaires en Allemagne. Il a quand même promis de rentrer pour dîner. C'est la seule concession qu'il lui a faite lorsqu'il a vu dans quel état elle était, à la perspective de passer seule la nuit du 16 janvier...

Le soir est tombé. Caroline allume la lumière. Dehors le vent se déchaîne. La maison est isolée en pleine forêt. On entend les hurlements des bourrasques dans les arbres. Caroline se dit soudain que n'importe qui pourrait entrer en brisant un carreau. Elle va fermer les volets et donner un tour de clé supplémentaire à la porte. C'est à ce moment que le téléphone sonne. Elle décroche, saisie d'une violente appréhension... C'est la voix de Nicolas.

– Chérie, tu m'entends ? Je veux avant tout que tu gardes ton calme...

Caroline a un cri :

– Non, ce n'est pas vrai!

– Écoute-moi bien, Caroline...

– Ne me dis pas que tu ne rentres pas! Ce n'est pas possible!

– Sois raisonnable. Mon avion n'a pas pu décoller à cause du mauvais temps, mais je vais prendre le train. Je serai là demain matin.

La jeune femme pousse un gémissement :

– Demain matin, il sera trop tard. C'est cette nuit qu'il faut que tu sois là! C'est la nuit où la malheureuse femme a été assassinée. C'est la nuit où Juliette est morte.

Au bout du fil, la voix de Nicolas se fait un peu plus sèche :

– Je t'interdis de croire à ces histoires! Je ne peux pas te parler plus longtemps. Je serai là demain matin.

Caroline ne répond rien. Elle a éclaté en sanglots. Nicolas pousse un soupir :

– Écoute, si tu ne peux pas rester seule, demande à Françoise de venir te tenir compagnie... Bon, on attend le téléphone. Je t'embrasse. Ne t'inquiète pas, tout ira bien.

– Nicolas!...

Mais le récepteur n'émet plus que la sonnerie « pas libre ». Nicolas a raccroché. Caroline raccroche à son tour. Elle reste hébétée. Elle est incapable de faire quoi que ce soit. Elle se sent prisonnière de quelque chose qui la dépasse. L'avion qui n'a pas pu décoller, c'est le dernier coup du destin. Que peut-elle contre cela? Elle est perdue!

Elle pousse un cri. La lumière vient de s'éteindre. Elle est seule dans le noir! Évidemment, une panne, avec un temps pareil, c'est logique et c'était même prévisible. Mais Caroline ne peut croire à la logique. Ou plutôt si : tout obéit à une autre logique, une logique implacable et diabolique; déchaînée par la « maison du malheur ».

Elle se décide pourtant à réagir. Elle se jette sur le dernier espoir qui lui reste. Nicolas avait raison : Françoise, son amie d'enfance, ne l'abandonnera pas. Elle acceptera de venir et, à son côté, elle n'aura plus peur.

Caroline décroche le téléphone et forme le numéro à tâtons. La voix de son amie la soulage déjà.

— Françoise, il faut que tu viennes tout de suite. Nicolas ne peut pas venir. Je suis toute seule dans le noir. J'ai peur!

Heureusement, Françoise comprend tout de suite la gravité de la situation.

— Il t'a laissée seule le 16 janvier!

— Il ne pouvait pas faire autrement. Tu vas venir, n'est-ce pas?

— Bien sûr. Je suis là dans une demi-heure. Je te laisse. Je saute dans ma voiture.

Caroline se lève et s'avance sans rien voir. Les bougies sont dans le tiroir de la cuisine. Elle renverse un guéridon. Il y a un bruit de porcelaine cassée. Elle n'y prête pas attention. Tout cela n'a aucune importance. Enfin, elle s'empare des bougies. Elle en allume deux et revient dans le salon. L'atmosphère est peut-être plus sinistre encore que dans le noir complet. Ces deux petites lumières tremblotantes font penser à une veillée funèbre.

Caroline Dupré regarde sa montre. Un quart d'heure s'est écoulé. Il reste un autre quart d'heure avant l'arrivée de Françoise. A ce moment-là, elle se sentira en sécurité. Mais est-ce qu'elle pourra tenir? Est-ce qu'il n'arrivera pas quelque chose avant?

La demi-heure se termine et les minutes passent encore. Caroline se sent prise d'une autre frayeur. Pourquoi Françoise n'arrive-t-elle pas? Pourquoi est-elle en retard? Et si elle avait eu, elle aussi, un accident? Non, ce serait trop horrible!

C'est à ce moment qu'on frappe à la porte. Elle se lève, se précipite, bousculant une chaise, manquant de se prendre les pieds dans le tapis. Elle cherche fébrilement les clés sur le meuble de l'entrée. Elle ouvre le verrou, la serrure. Un air glacé la saisit mais elle éprouve un sentiment de libération.

– Françoise! Fran...

Malgré l'obscurité, elle voit tout de suite que ce n'est pas Françoise. Françoise ne fait pas un mètre quatre-vingts. Françoise n'est pas carrée d'épaules. Caroline comprend alors son impardonnable erreur. Elle aurait dû demander qui était là. L'homme avance lentement. Il est souriant...

17 janvier 1964, huit heures du matin. A bord d'un taxi, Nicolas Dupré arrive devant la maison de Soisy-la-Forêt. La tempête de neige s'est arrêtée. C'est l'aube. Le paysage tout blanc est ravissant... Nicolas Dupré se prépare à critiquer gentiment mais fermement sa femme pour ses frayeurs de la veille. Soudain, il pousse un cri.

– Mais qu'est-ce que c'est que cela?

Cela, c'est une camionnette de gendarmerie et une autre voiture rangées devant chez lui. Nicolas bondit hors du taxi, en proie à une terrible appréhension. La porte est ouverte. Il s'y engouffre et se heurte à un lieutenant de gendarmerie qui le retient :

– Monsieur Dupré?

– Oui, mais laissez-moi tranquille!

– Il faut que je vous prévienne, monsieur : votre femme a eu un accident.

– Un accident!

– Elle est sur le canapé du salon...

Bousculant le gendarme, Nicolas se précipite dans la pièce. A la vue de la forme recouverte d'une couverture, il a tout de suite compris. Il la soulève en tremblant. Caroline est morte. Elle a la gorge tranchée. Nicolas Dupré se prend la tête dans les mains.

– Elle avait raison !

Le lieutenant de gendarmerie lui pose la main sur l'épaule :

– C'est un tragique et stupide accident, monsieur Dupré. Je vais vous expliquer ce qui s'est passé... Enfin, monsieur, qui est là, vous le dira mieux que moi.

Nicolas remarque alors dans la pièce un homme qu'il ne connaît pas. Un homme d'une trentaine d'années à la carrure imposante. Il est tout pâle ; il semble bouleversé.

– Qui êtes-vous ?

– Mon nom ne vous dira rien. Je suis là par hasard, un tragique hasard.

Et l'homme raconte son incroyable histoire : comment et pourquoi est morte Caroline Dupré...

– C'était hier soir. J'étais au volant de ma voiture quand celle qui était devant moi a dérapé sur une plaque de verglas. Elle a fait un tête-à-queue et est rentrée dans un arbre. Je me suis arrêté pour porter secours au conducteur. C'était une jeune femme brune d'une trentaine d'années.

Nicolas pousse un cri :

– Françoise !

– Oui, c'est cela. C'était son prénom. J'ai oublié son nom de famille. Elle était blessée à la tête, pas très gravement à ce qu'il m'a semblé ; mais elle perdait beaucoup de sang. Je l'ai prise dans ma voiture et je l'ai conduite au café de Soisy. Là, j'ai téléphoné pour appeler un médecin...

Nicolas se lève brusquement et s'approche de l'homme, le visage crispé, les poings serrés.

– Quel rapport avec ma femme?
– C'est cette Françoise qui m'a demandé d'aller la voir; elle m'a dit que c'était très important, qu'elle ne pouvait pas rester seule. Je devais lui dire qu'elle avait eu un accident et l'emmener auprès d'elle à l'hôpital.
– Et alors?
– C'est ce que j'ai fait. Enfin, ce que j'ai voulu faire...
– Qu'est-ce que vous avez fait?

L'homme devient plus blanc encore. Il se tord les mains.

– Rien de mal, je vous le jure! J'ai frappé, parce que la sonnette ne marchait pas, à cause de la coupure de courant. Et votre femme m'a ouvert. Je n'ai pas eu le temps de dire un mot. Elle a poussé un cri terrible... Je n'oublierai jamais ce cri. C'était un cri d'horreur.

Nicolas Dupré tente de se jeter sur l'homme, mais les gendarmes le retiennent.

– C'est vous qui l'avez tuée!
– Non, non! Je ne voulais pas lui faire peur. J'avais même fait attention de sourire pour la rassurer. Elle s'est enfuie en courant dans le noir. Et c'est alors que c'est arrivé.

L'homme s'effondre sur un fauteuil. Le lieutenant de gendarmerie prend le relais:

– Votre épouse, en proie à la panique, s'est précipitée dans le noir: elle n'a pas vu la porte vitrée du couloir, qui était fermée. Elle s'y est jetée la tête la première et elle s'est ouvert la gorge.

L'homme se relève:

– J'ai tout de suite appelé les gendarmes, les pompiers. Mais il n'y avait plus rien à faire. Quand ils sont arrivés, elle était morte, elle avait perdu tout son sang.

Nicolas Dupré secoue la tête d'un air anéanti.
– C'est elle qui avait raison. Je suis un imbécile, un criminel!...

Nicolas Dupré a vendu la « maison du malheur » pour une bouchée de pain. A ce prix-là, c'était un cadeau. Un cadeau peut-être empoisonné.

Le voleur du 3ᵉ arrondissement

18 mars 1958. Il n'est pas loin de minuit. Malgré l'heure tardive la comtesse Minna von Kloster veille dans son appartement du 3ᵉ arrondissement de Vienne, le quartier chic de la capitale autrichienne, l'équivalent du 16ᵉ arrondissement de Paris.

Malgré son train de vie et son appartenance à la noblesse, Minna von Kloster n'est pas une comtesse comme les autres. Veuve depuis dix ans d'un général qu'on l'avait forcée d'épouser, elle rattrape le temps perdu en s'intéressant à toutes sortes de choses. Elle a renvoyé ses domestiques, a appris la cuisine et s'amuse comme une folle à faire le ménage. Elle pratique le yoga, s'est inscrite à des cours du soir de monteur-radio, et tout cela alors qu'elle vient de fêter ses soixante-dix ans.

Physiquement, pourtant, Minna von Kloster n'a rien d'exceptionnel. C'est la grand-mère telle qu'on peut l'imaginer, bien qu'en fait le général ne lui ait pas donné d'enfant. La comtesse est de petite taille, elle a les cheveux blancs et de beaux yeux bleus, qui ont toujours une expression étonnée. Pour l'instant, elle est fort occupée à monter les pièces détachées d'un poste de radio que lui a envoyé son école par correspondance... C'est alors qu'un bruit insolite la fait sursauter. Cela vient de la cour. Elle va à la fenêtre et pousse un petit cri : un homme est en train de marcher sur la corniche d'en face. Un voleur! Ça c'est extraordinaire! Minna von Kloster ne veut pas perdre une miette de la scène. Chez qui va-t-il entrer ? Pas chez les Grass tout de même ?... Si !... La comtesse bat des mains, toute seule dans la pièce. Il est entré chez les Grass!

Alors ça, c'est bien fait pour eux! Ça leur apprendra à ces prétentieux, qui prennent des grands airs parce qu'ils sont banquiers! Pourvu qu'il lui rafle tous ses bijoux à cette pimbêche!

La comtesse von Kloster tressaille. Des bruits stridents résonnent dans la cour, des sifflets d'agents et des interpellations confuses. Quelqu'un, qui, comme elle, a vu le voleur par la fenêtre, a prévenu la police. C'est malin !...

Petit à petit, les fenêtres s'illuminent. Tout l'immeuble est en train de se réveiller. C'est à ce moment que Minna von Kloster entend un bruit de cavalcade dans l'escalier. Elle se précipite à sa porte d'entrée, l'entrouvre : en bas plusieurs agents montent quatre à quatre. Elle lève la tête. Quelques marches plus haut, un homme d'une trentaine d'années, brun, de taille moyenne, vêtu d'un pantalon et d'un pull-over noirs, tourne la tête dans tous les sens.

La comtesse ne réfléchit pas. Elle fait un signe en direction du voleur.

– Psitt! Par ici!

Le jeune homme semble hésiter un instant, mais comme les pas des policiers se rapprochent, il bondit dans l'appartement. La comtesse referme doucement la porte derrière lui.

Dans le salon, le voleur, encore hors d'haleine, reprend ses esprits. Il demande d'une voix essoufflée :

— Pourquoi avez-vous fait cela ?

Minna von Kloster ne semble éprouver aucune peur.

— Dites-moi : qu'est-ce que vous leur avez pris aux Grass ?

L'ahurissement le plus complet se peint sur le visage de son interlocuteur. Il répond quand même à la question.

— Rien. Je n'ai pas eu le temps, à cause de la police. Mais voulez-vous m'expliquer ?...

— Je n'aime pas les Grass, c'est tout. Vous vous appelez comment ?

L'homme hésite à répondre. Minna insiste :

— Vous n'avez rien à craindre, mon garçon. Si je viens de vous sauver ce n'est pas pour vous faire des ennuis plus tard. Comment vous appelez-vous ? J'aime bien connaître le nom des gens avec qui je parle.

Son vis-à-vis se décide :

— Friedrich Bergen.

Minna vient lui serrer la main sans façon.

— Comtesse Minna von Kloster. D'habitude, vous réussissez mieux vos coups, j'espère ?

Friedrich Bergen est visiblement en train de se demander à quel genre de folle il a affaire.

— Oui, c'est la première fois que j'ai ce genre d'ennui.

La comtesse se met à parcourir la pièce de sa démarche menue. Elle a l'air de réfléchir profondément.

— Je crois que j'ai une idée. Mais, évidemment, elle n'est valable que si vous êtes un bon professionnel.

Friedrich garde le silence. Il attend que la police soit partie pour échapper à cette toquée. Minna poursuit d'une voix douce :

203

— C'est le coup des Grass qui m'a donné l'idée. Je connais beaucoup de monde de leur genre dans la bonne société, des prétentieux, qui ont besoin d'une bonne leçon. Alors, si on faisait une association tous les deux ? Moi je me renseigne pour savoir quand ils sont absents ou même je les invite chez moi. Et pendant ce temps vous agissez.

— Mais je ne comprends pas... Quel est votre intérêt ?

— Je vous l'ai dit, ils méritent une leçon. Et puis cela m'amuse ! Tenez, par exemple, Ruth von Peterman ; elle habite un hôtel particulier à cinq minutes d'ici. C'est une personne totalement inintéressante, je vous assure. Tout ce qui lui plaît dans la vie, c'est le bridge et les robes, et pourtant elle n'a aucun goût. Comment peut-on être aussi creuse, je vous le demande ? Alors, je vais l'inviter à prendre le thé le jour de sortie de sa bonne. Vous ne toucherez pas aux bijoux de la table de nuit, c'est du toc. Les vrais sont dans le bureau de son mari...

23 septembre 1958. Six mois ont passé. Dans son salon vieillot, la comtesse von Kloster lit avec délectation la *Gazette de Vienne*. L'article qui la passionne est consacré aux exploits du « voleur du 3ᵉ arrondissement » comme l'appelle la presse. Depuis quelque temps, en effet, un mystérieux cambrioleur détrousse la haute société viennoise. Ce n'est pas tellement la façon, somme toute banale, dont il opère qui déroute les enquêteurs, mais la stupéfiante manière dont il est renseigné sur l'emploi du temps de ses victimes.

On sonne... Minna a un sourire. Friedrich était justement en train de travailler. Il rentre à l'heure prévue. C'est la preuve que tout s'est bien passé.

Effectivement, Friedrich est rayonnant. Il tient

un petit sac de toile dont il va déverser le contenu sur la table du salon. Minna von Kloster va chercher un cahier d'écolier sous une potiche chinoise et note soigneusement :

« Nous disons... 23 septembre : volés chez la comtesse Fosdorf, un bracelet et une broche en diamant, une alliance avec brillants, des boucles d'oreilles en émeraude. »

La vieille dame se lève avec le butin en mains.

— Le bracelet et la broche dans la soupière avec les autres diamants, l'alliance dans le sucrier, les émeraudes... Ah, ça, c'est à la cuisine, dans le deuxième pot de confitures.

Tandis qu'elle s'éloigne, Friedrich lui lance :

— Pendant que vous y serez, Minna, vous pouvez me prendre les perles dans la cocotte ? Je crois que j'ai un intermédiaire sérieux.

La comtesse von Kloster revient avec un tas nacré dans les mains.

— Tenez, mon garçon. Tâchez de ne pas vous faire avoir comme l'autre jour pour les rubis.

Le jeune voleur semble confus.

— La revente, ça a toujours été mon point faible. Je vous promets d'être ferme sur les prix. Euh... Vous ne voulez vraiment pas de pourcentage ?

— Je vous ai déjà dit non. Et je vous prie de ne pas m'en reparler !... Maintenant, examinons le cas du baron et de la baronne von Bruch.

Friedrich Bergen regarde la vieille dame avec une expression d'admiration étonnée.

— Y a pas à dire, vous êtes quelqu'un, comtesse !...

17 octobre 1958. Le « voleur du 3ᵉ arrondissement » est le sujet dont tout le monde parle à Vienne. Il continue ses exploits, arrivant toujours avec une précision diabolique juste au moment où ses victimes sont absentes.

On sonne à la porte de Minna von Kloster. Celle-ci est surprise. Elle n'attendait pas Friedrich aujourd'hui. Pourquoi vient-il donc la voir ? Pourvu qu'il ne lui soit rien arrivé!

La comtesse ouvre la porte et pousse un soupir de soulagement. La personne a une casquette et un uniforme.

— C'est pour le gaz, ma petite dame! Je peux jeter un coup d'œil à votre compteur s'il vous plaît ?

Minna, de sa démarche trottinante, précède l'employé vers la cuisine. Elle s'apprête à montrer du doigt le compteur lorsqu'une voix dure retentit dans son dos :

— Pas un cri! Pas un geste! Laissez-vous faire gentiment si vous ne voulez pas de bobo.

Minna von Kloster se retourne : l'homme fait jouer dans sa main droite une matraque et la considère d'un air mauvais.

— Asseyez-vous sur la chaise de cuisine. Où est-ce qu'il y a de la ficelle chez vous ?

La comtesse répond d'une voix étranglée :

— Dans le premier tiroir du buffet.

Elle est bouleversée. Elle souhaitait une vie pleine d'imprévus, elle est servie et même un peu trop. La voilà maintenant en train de se faire détrousser comme une vulgaire petite vieille, elle qui appartient à l'élite du cambriolage!

Tandis qu'elle s'agite en vain sur sa chaise, le faux employé du gaz commence l'exploration de l'appartement par la cuisine... Quand il tombe sur le deuxième pot de confitures, il pousse un cri en apercevant les émeraudes.

Complètement abasourdi par la richesse d'un tel trésor, même chez une personne de la bonne société, l'homme lui enlève son bâillon pour l'interroger.

– Vous en avez beaucoup comme ça ?

La comtesse a repris tous ses esprits.

– Je ne sais pas. Allez voir dans le cahier sous la potiche du salon, vous aurez le détail...

Il y a quelques minutes d'attente et le voleur revient en tenant le cahier, les yeux écarquillés. Il lit en bredouillant : « 23 septembre : volés chez la comtesse Fosdorf, un bracelet et une broche en diamant, une alliance avec brillants... »

– Mais alors, le « voleur du 3ᵉ arrondissement », c'est... vous ?

Minna von Kloster réplique d'une voix sèche :

– Oui, et tu as intérêt à me détacher vite fait, sinon les gars de ma bande auront ta peau !

Le faux employé du gaz s'empresse, avec un air apeuré, d'obéir à sa victime.

– Excusez-moi... Je ne pouvais pas savoir. Ça, on peut dire que vous êtes fortiche. Chapeau !

La comtesse se déplie avec peine, se masse les poignets. L'homme la regarde avec une sorte de stupeur béate.

– Par hasard, vous n'auriez pas besoin de quelqu'un ?

Minna von Kloster lui montre la porte du doigt :

– Pas d'un minable en tout cas ! Disparais !

Le voleur n'insiste pas et s'en va. La comtesse ramasse le cahier qu'il avait fait tomber, se rend dans le salon et se met à écrire le compte rendu de ce peu banal incident...

Manfred von Kloster, trente et un ans, est le petit-neveu de la comtesse, son unique héritier, et l'antithèse exacte de sa grand-tante. Lui s'attache à cultiver toutes les qualités supposées être celles d'une famille de la noblesse viennoise. Bref, il est aussi raffiné que vaniteux et aussi parfaitement poli que totalement dépourvu d'intérêt.

En la circonstance, ce 18 octobre 1958, les bonnes manières lui commandent d'exprimer la tristesse et Manfred von Kloster affecte les marques du chagrin le plus sincère. La veille en effet, il a appris le décès brutal de Minna von Kloster d'une crise cardiaque.

Ils sont deux, le concierge de l'immeuble et lui, à s'entretenir à voix basse dans le salon, tandis que la défunte repose dans sa chambre. Le concierge, un homme corpulent au visage coloré de bon vivant, a un air entendu vis-à-vis du petit-neveu.

— Vaut mieux partir de la manière qu'on a choisie, pas vrai? On peut dire qu'elle s'en est payé, Mme la Comtesse!

Manfred von Kloster a un petit mouvement du corps.

— Vous avez dit : « payé »?
— Ben oui, c'est le mot. Le petit jeune, là, qui venait la voir toutes les semaines... Vous voyez ce que je veux dire...

Manfred von Kloster voit ce que le concierge veut dire. Il pousse un « Oh! » scandalisé.

— Sortez, monsieur!

Le concierge s'en va en haussant les épaules et Manfred reste seul dans le salon. Il met un bon moment à se remettre de son indignation. Sa tante! La générale! Une femme si admirable! La canaille ne recule devant aucune calomnie!...

Pourquoi Manfred a-t-il l'idée d'ouvrir la soupière ancienne qui trône sur un guéridon? Il ne le sait pas et, de toute manière, la découverte était inévitable. Il reste là comme un idiot, avec le couvercle dans la main droite et la bouche ouverte. Dans la soupière, il y a un petit tas scintillant et éblouissant de diamants sous forme de broches, pendentifs, boucles d'oreilles, bagues, etc. Des dizaines et des dizaines de diamants!

Comme un automate, il va ouvrir tous les objets du salon. Quand il trouve les alliances dans le sucrier, il se laisse choir sur le canapé Louis XVI. Mais l'héritier n'est pas encore au bout de ses surprises. Le cahier qu'il vient d'apercevoir sous la potiche chinoise l'attire irrésistiblement. Il espère et il redoute à la fois d'y trouver l'explication de ce mystère... Il l'ouvre en tremblant. C'est bien l'écriture de sa grand-tante, une écriture de jadis, très penchée, avec des majuscules ornées.

« 23 septembre : volés chez la comtesse Fosdorf, un bracelet et une broche en diamants, une alliance avec brillants... »

Manfred von Kloster se dirige en titubant vers la cuisine pour prendre un verre d'eau. Sa grand-tante n'était pas la vieille dame indigne que supposait le concierge. C'est bien pire s'il est possible! L'individu en question n'était pas son amant mais son complice! C'était elle le... « voleur du 3e arrondissement »!

Le commissaire Schwab a la même expression effarée quand, quelques heures plus tard, il contemple le cahier de la comtesse Minna von Kloster. Un cahier où sont notés soigneusement, depuis le début, les vols commis par le « voleur du 3e arrondissement » et qui se termine par l'agression, la veille, du faux employé du gaz. Bien qu'elle ait réussi à se tirer brillamment de la situation, il est probable que la comtesse n'a pas pu résister à cette émotion trop forte pour elle.

Le commissaire a également sous les yeux, rangés en petits tas, les bijoux, tous plus splendides les uns que les autres, que ses hommes viennent de trouver dans les endroits les plus saugrenus de l'appartement. Malgré l'énormité de la découverte, il tire la conclusion logique qui s'impose :

— Il suffit de tenir secrète la mort de la comtesse et d'attendre. Tôt ou tard, l'autre va arriver...

C'est effectivement ce qui se passa deux jours après. Le 20 octobre 1958, Friedrich Bergen fut appréhendé sans difficulté par les agents laissés en faction dans l'appartement. Il partit menottes aux poings de cet immeuble où, logiquement, il aurait dû être arrêté sept mois plus tôt. Il eut un sourire triste en quittant l'appartement de sa si étonnante et attachante complice.

Cette fois, elle n'était plus là pour le sauver.

Les marais de la mémoire

Antoine Chartier se dresse pesamment de sa chaise. Il balaye d'un revers de la main le verre et la bouteille de vin, qui vont s'écraser sur le carrelage. Il lance d'une voix avinée :

– Émilie! Viens ici, petite garce!

Dans la salle commune de la ferme Chartier, l'obscurité est presque totale. Le feu achève de se consumer dans la cuisinière, la lampe à pétrole dégage une faible lueur verdâtre avec beaucoup de fumée. Antoine Chartier tape du poing sur la table et répète :

– Émilie!

N'obtenant pas de réponse, il se dirige d'un pas lourd, en traînant les sabots, vers l'escalier qui monte aux chambres. Antoine Chartier, trente-cinq ans, est bâti en colosse. C'est un paysan dur au travail et courageux. Sauf quand il a bu, ce qui lui arrive malheureusement tous les jours. Alors là, il devient une brute...

L'homme ouvre bruyamment une porte au premier étage. Une jeune fille de dix-huit ans environ se dresse devant lui. Elle est brune, bien faite, elle a de bonnes joues roses. Elle soutient son regard sans faiblir :

– Qu'est-ce que vous me voulez?

Antoine Chartier tente de lui prendre la taille :

– Tu le sais bien ce que je veux, coquine!

Émilie se dégage prestement :

– Laissez-moi. Je vous ai dit que je ne voulais pas. Je veux rester une fille honnête.

Le fermier ne l'écoute pas. Il se jette sur elle. Émilie l'évite. Il tombe lourdement sur le sol. Il se lève en titubant.

– Sacrée femelle! Attends voir...

Cette fois, Émilie a vraiment peur. L'homme cherche à l'attraper, les yeux injectés de sang, soufflant comme une forge. Elle s'enfuit. Elle descend l'escalier aussi vite qu'elle peut, mais l'ivrogne l'a déjà rejointe et d'un coup de poing formidable dans l'estomac, l'étend sans connaissance.

Cela vaut d'ailleurs mieux pour elle, sinon elle entendrait son maître fouiller dans le vaisselier en grommelant :

– Où est ce fichu couteau que je termine la besogne?

Une jeune fille victime d'une brute avinée, c'est un meurtre somme toute banal qui est en train de se commettre ce 16 mars 1904, non loin du petit village de Bréville dans la Manche. Et pourtant, c'est à partir de cet instant précis que tout devient extraordinaire...

Le brigadier de gendarmerie Adrien Ferrand se rend, quinze jours plus tard, en compagnie de deux de ses hommes, à la ferme Chartier. C'est que des bruits courent à Bréville : la jeune Émilie Janvier, entrée depuis six mois au service d'Antoine Chartier comme domestique, a disparu. Avec un ivrogne comme Antoine, tout est à craindre.

Il n'habite d'ailleurs pas seul à la ferme. Il y a son

oncle avec lui : Félix Chartier, un personnage pour le moins peu recommandable. Il a fait dix ans de bagne pour avoir tué un homme, au cours d'une rixe dans un cabaret. Comment une mignonne petite comme Émilie Janvier, qui donnerait des idées à un curé, a-t-elle eu la folie d'aller habiter toute seule avec ces deux brutes ? Il y a des gens qui mériteraient presque ce qui leur arrive !

Le brigadier Ferrand questionne Antoine Chartier :

– A ce qu'il paraît, Émilie est partie ?

– Ben oui ! Elle est partie comme ça...

Le gendarme lisse la pointe de sa moustache :

– Eh bien, moi, j'aimerais jeter un coup d'œil dans sa chambre.

Précédés par Antoine, le brigadier et ses hommes montent au premier étage. Dans le couloir, ils croisent Félix Chartier... Celui-ci les regarde d'un air indifférent et s'en va en traînant les pieds, le dos voûté, le regard fixe. Depuis son retour du bagne, le vieux Chartier n'est plus le même. On dit qu'il a attrapé des maladies là-bas et qu'il n'a plus toute sa tête...

Le brigadier Ferrand est satisfait en découvrant la chambre d'Émilie Janvier. C'est exactement ce qu'il attendait. Tout indique non pas un départ mais une disparition. L'unique robe de la jeune fille est pendue à son clou et ses maigres affaires personnelles sont restées là. Sur une caisse à côté du lit, servant de table de chevet, un almanach est ouvert à la page du 16 mars. Le gendarme met la pièce à conviction sous le nez d'Antoine Chartier :

– Il va falloir expliquer tout cela. Allez ouste ! Suivez-nous et l'oncle avec...

Au poste, Antoine et Félix Chartier nient farouchement. La bonne est partie parce qu'elle s'était disputée avec Antoine. Si elle a tout laissé derrière, c'est son affaire.

L'oncle et le neveu n'en sont pas moins arrêtés et conduits à la prison de Saint-Lô. Mais Félix Chartier n'y reste que quelques heures. Le vieil homme, dont la raison était déjà chancelante, n'a sans doute pas supporté de se retrouver en prison; il devient fou. On doit l'interner.

C'est donc Antoine Chartier, seul, qui comparaît devant le juge d'instruction Millet, qui va s'efforcer d'obtenir ses aveux. La nouvelle de la folie de son oncle semble avoir fortement impressionné le fermier. C'est un homme brisé qui entre dans le bureau du juge... Tout de suite, il avoue :

— Oui, c'est Félix et moi qui avons tué la petite. J'avais bu. Je ne savais plus ce que je faisais.

Et Antoine Chartier raconte la dramatique nuit du 16 mars 1904.

— Elle n'arrêtait pas de me provoquer. Alors j'en ai eu assez. Je lui ai couru après. Je lui ai donné un coup de poing dans le ventre. Elle est tombée évanouie. J'ai été chercher un couteau dans le vaisselier... Je ne savais plus ce que je faisais, je vous dis!

M. le juge d'instruction Millet adresse un sourire d'encouragement au prévenu. Voilà, certes, un interrogatoire qui n'aura pas causé de problèmes! Antoine Chartier continue :

— Mais je ne m'en suis pas servi du couteau, M. le juge. Le Félix est arrivé à ce moment-là. Il m'a dit : « T'occupe pas, Antoine, j'en fais mon affaire! » Et il a étranglé la petite.

Le juge Millet lève un sourcil étonné :

— Pourquoi votre oncle aurait-il tué Émilie Janvier? Quelle raison avait-il de lui en vouloir?

Antoine Chartier hausse les épaules :

— Cela remontait au début, quand la gamine est

venue chez nous. Le vieux, à propos de je ne sais plus quoi, l'a traitée d'enfant de l'Assistance. Elle lui a répondu : « Il vaut mieux être de l'Assistance que d'avoir eu un jugement. » Cela, le Félix, il l'avait pas digéré. D'ailleurs, en étranglant Émilie, il n'arrêtait pas de répéter : « Je vais t'en donner du jugement ! »

Le juge d'instruction Millet a une moue de dégoût devant l'évocation de ces violences rurales. Il poursuit :

— Et où avez-vous fait disparaître le corps ?

Antoine Chartier répond sans se troubler :

— Dans le marais en bas de mon herbage. Même que la petite était pas morte. Elle a crié quand elle est tombée dans l'eau.

Le juge met fin à l'entretien :

— Eh bien, nous vérifierons tout cela... Votre oncle Félix semble avoir joué le rôle principal dans toute cette histoire. Il est dommage pour vous qu'il soit hors d'état de confirmer vos propos...

Une semaine plus tard, le juge d'instruction Millet, le brigadier Ferrand et ses hommes sont au bord du marais qui fait suite à l'herbage d'Antoine Chartier. Celui-ci, menottes aux poignets, désigne d'un geste du menton un coin du marais :

— C'est là qu'on a jeté la petite.

Les gendarmes, accompagnés de volontaires de Bréville, sondent pendant plusieurs heures l'endroit indiqué. A la fin, le brigadier Ferrand vient trouver le juge. Il est tout essoufflé, dégoulinant de sueur :

— Il n'y a rien, monsieur le juge. Cet oiseau-là s'est payé notre tête !

M. Millet se tourne vers le fermier avec un air sévère :

— Qu'est-ce que cela veut dire ? Expliquez-vous, Chartier !

Antoine Chartier a l'air très embarrassé.

– Maintenant, cela me revient... Quand je suis retourné au marais, une semaine après, le corps n'y était plus. J'ai demandé à l'oncle si c'était lui qui l'avait changé de place. Il m'a répondu : « Oui. » J'ai voulu savoir où il l'avait mis. Il m'a dit : « Qu'est-ce que ça peut te faire ? » Alors je n'ai pas insisté.

Le juge d'instruction Millet ne semble pas satisfait de cette réponse :

– Si on ne retrouve pas le corps, cela ne change rien. Vous irez quand même devant le tribunal. Alors, une dernière fois, où est votre victime ?

Antoine Chartier répond d'un air buté :

– Je ne sais pas. Demandez à l'oncle !

Demander à l'oncle, il n'en est pas question. Félix Chartier est devenu fou à lier. Il ne tient plus que des propos incohérents... Pendant trois semaines, les gendarmes de Bréville, aidés par ceux de Saint-Lô, explorent les marais de la région. Des voisins ont signalé aux gendarmes que, peu après le crime, les Chartier avaient fait un feu d'enfer dans leur four. Mais l'examen des cendres ne révèle pas le moindre débris humain.

L'enquête est close. Le crime d'Antoine Chartier restera un crime sans cadavre. Mais de l'avis général, à Bréville et dans les environs, la situation d'Antoine n'est pas plus fameuse pour cela. A son procès, qui doit s'ouvrir fin décembre 1904, aux assises de Saint-Lô, il risquera sa tête...

10 novembre 1904. En voyant la personne entrer dans son bureau, le brigadier Adrien Ferrand manque d'avoir une attaque d'apoplexie. Pendant une bonne minute, il ne peut que répéter :

– Saperlipopette ! Ah ! Saperlipopette !...

Enfin, il parvient à poser une question intelligible :

— Mais qui êtes-vous donc ?

La jeune fille qui vient d'arriver dans la gendarmerie de Bréville répond d'une voix tranquille :

— Émilie Janvier.

Le brave gendarme ne croit pas aux fantômes, sans quoi il aurait déjà pris ses jambes à son cou. Car c'est bien elle, il l'a reconnue tout de suite... Ah, il pouvait bien la chercher dans le marais ou dans les cendres du four ! Il bredouille :

— Mais vous devriez être morte. Vous êtes assassinée !

La jeune fille a l'air contrariée :

— On me croit morte ? Je ne savais pas, sinon je serais venue plus tôt...

Cette fois le brigadier Ferrand a retrouvé ses esprits. Il s'emporte :

— Eh oui, on vous croit morte ! Et même que pour cela Antoine Chartier risque de se faire couper la tête ! Alors, vous allez tout me raconter. Et vite !

Émilie Janvier s'effondre sur une chaise :

— Je vous jure que je n'imaginais pas une chose pareille ! C'était le 16 mars... Antoine Chartier m'a donné un grand coup de poing. Je suis tombée par terre. Il m'a cru évanouie. Alors il est allé vers le vaisselier. Je l'ai entendu dire : « Où est ce fichu couteau que je termine la besogne ? » C'est à ce moment-là que j'ai pris mes jambes à mon cou. J'ai couru droit devant moi à travers la forêt. Je me suis arrêtée au matin devant une ferme. Les gens m'ont recueillie sans rien me demander. J'y suis restée trois jours. J'ai trouvé un éleveur qui allait vendre ses bêtes à la foire de Bayeux. Il a accepté de m'emmener. Bayeux, c'est là qu'habite ma nourrice... Elle m'a cachée. J'osais pas revenir parce que j'avais peur de l'Antoine, vous comprenez ? Et puis j'ai fini par me dire qu'on s'inquiétait peut-être de moi.

Le brigadier Ferrand tape du poing sur la table :
— Qu'est-ce que c'est que ces histoires ! Et l'oncle ! Il ne vous a pas attaquée ? Il n'a pas essayé de vous étrangler ?

Émilie Janvier paraît franchement surprise :
— Pas du tout. Il ne m'a rien fait. Il n'est pas sorti de sa chambre.

Adrien Ferrand prend une mine sévère :
— Oh, je n'aime pas ça ! Vous vous expliquerez devant le juge. En attendant, je vous garde...

Le lendemain, la jeune servante est conduite à Saint-Lô dans le cabinet du juge d'instruction Millet. Le magistrat se fait répéter toute l'histoire et il conclut d'un ton incrédule :
— Mais alors, pourquoi s'accuse-t-il ? Pourquoi a-t-il inventé un mensonge qui peut le conduire à l'échafaud ?...

Le juge décide de le savoir sans plus attendre. Il fait convoquer immédiatement Antoine Chartier pour le confronter avec sa prétendue victime. Un quart d'heure plus tard, ce dernier entre, menottes aux poignets, dans le bureau. En voyant Émilie, il pousse un cri :
— Ce n'est pas vrai ? C'est un cauchemar ! Cela ne peut pas être elle !

Et il recule épouvanté... Il est tellement agité que les gendarmes doivent le maîtriser. Le juge d'instruction attend qu'il se soit calmé pour lui demander :
— Pourquoi vous êtes-vous accusé d'avoir participé au meurtre de votre servante ?

Antoine Chartier secoue la tête, le regard fixe :
— Mais parce que c'est vrai !

Le magistrat n'a jamais vu une telle conduite. Il n'y comprend rien. L'irritation commence à le gagner :

– Est-ce que vous vous moquez de moi ? Est-ce que vous voulez vous moquer de la Justice ?

Le fermier évite toujours de regarder son ancienne domestique.

– Mais je vous jure que ça s'est passé comme je vous l'ai dit, M. le Juge ! D'abord j'ai frappé Émilie, ensuite j'ai été chercher le couteau. A ce moment-là, l'oncle Félix est arrivé, il l'a étranglée. Ensuite, nous avons jeté le corps dans le marais.

Le juge d'instruction essaie de comprendre... Peut-être est-ce la jeune fille qui ment. Elle n'était pas morte quand elle a été jetée à l'eau. Elle s'est sauvée à ce moment-là et a inventé cette histoire pour sauver son ancien maître, dont elle était, malgré tout, amoureuse. Possible... De toute manière, l'un des deux ne dit pas la vérité. Et il jure bien qu'il saura lequel...

La vérité, ce sont les psychiatres qui l'ont trouvée peu après, en examinant Antoine Chartier, ce qu'ils n'avaient pas fait jusqu'à présent. En le questionnant sur son passé, ils ont ainsi appris qu'il avait l'habitude de s'enivrer depuis l'âge de douze ans. Or il en avait trente-cinq et, en vingt-trois ans, l'alcool avait pu faire des ravages dans son cerveau.

En procédant à un examen clinique approfondi, ils ont découvert que la scène du meurtre constituait chez Antoine Chartier un faux souvenir, comme le cas est fréquent chez les alcooliques avancés. Antoine, dans sa mémoire dérangée, croyait réellement que les choses s'étaient passées comme il le disait, que son oncle était descendu de sa chambre, qu'ils avaient ensemble transporté le corps jusqu'au marais. Il le croyait si fort que même la vue de sa pseudo-victime ne l'avait pas fait changer d'avis.

Antoine Chartier a, bien sûr, été libéré sur-le-champ. Il a été, par la suite, condamné à six mois de prison avec sursis et cent francs d'amende pour coups et blessures et faux témoignage, le minimum de la peine, et il est retourné à sa ferme où il a repris son travail...

Est-ce que les psychiatres auraient abouti au même diagnostic si Émilie Janvier n'était pas revenue? Est-ce qu'ils auraient dit, devant la cour d'assises de Saint-Lô, que les aveux de l'accusé n'avaient aucune valeur, vu son état mental, et que, de toute manière, il devait être en état de démence au moment des faits? Il vaut mieux le croire... Comme il vaut mieux croire que tous ceux qui ont été guillotinés étaient coupables!

Le Diable de Sheffield

16 mai 1893. Wilbur Barnett sourit en se regardant dans le miroir cassé de la masure qu'il habite dans les faubourgs industriels de Sheffield, en Angleterre. Oui, il est parfait! Il va pouvoir passer à l'action, le « Diable de Sheffield » va sortir de sa tanière...

Wilbur Barnett a juste vingt ans. Et il connaît déjà presque tout de la vie, dans cet univers à la Dickens que constituent les banlieues ouvrières de Sheffield : quelques années à l'école, six mois à la mine, comme son père, le temps de voir l'horreur de cette vie d'enfer et puis, après, la rue, l'errance.

Wilbur Barnett ne sera jamais mineur : il sera voleur, mais pas un voleur comme les autres! Pour ne pas se faire reconnaître, il a imaginé de se barbouiller le visage au cirage noir. Et cette idée, apparemment anodine, a produit des résultats spectaculaires.

Jusqu'ici, il n'a accompli que de petits larcins, mais quelques témoins l'ont vu. Ils ont été frappés par son aspect effrayant et ils en ont fait des descriptions effarées à la police. A tel point que l'opinion publique a fini par s'émouvoir. La presse à sensation s'est emparée de l'affaire et a trouvé un surnom à ce voleur d'un nouveau style : « Le Diable de Sheffield ».

A vrai dire, Wilbur Barnett a une raison de se maquiller ainsi. Lorsqu'il n'est pas couvert de cirage noir, son visage est peut-être plus effrayant encore : un nez épaté, presque écrasé, des yeux globuleux, des lèvres épaisses. Alors, quitte à faire peur, autant que ce soit sous un masque, c'est moins dangereux et plus satisfaisant pour l'amour-propre.

La nuit est tombée... Wilbur Barnett opère toujours la nuit. Rasant les murs, courant se réfugier dans l'embrasure d'une porte à l'arrivée d'un passant, il progresse rapidement vers son objectif : la boutique d'un fripier. Au cours d'une de ses reconnaissances dans le quartier, il a remarqué que la porte de l'arrière-boutique ne fermait pas. Il n'espère pas retirer de son équipée nocturne autre chose que des hardes, mais ce sera toujours l'assurance de quelques shillings.

Le jeune homme avance sans être vu. Sa connaissance parfaite du quartier lui permet de ne pas être repéré. Il sait se glisser au moment voulu dans une cour sombre, traverser les terrains vagues.

Le vol lui-même se fait sans difficulté... Le malfaiteur à la figure noire fait main basse sur les premières choses qu'il trouve dans la boutique : des robes, quelques dentelles. Il est sur le point de partir quand un bruit mélodieux retentit derrière lui.

Affolé, il se retourne et revient vite de sa frayeur. C'est simplement une horloge-coucou dans le meilleur style suisse qui vient de sonner une heure. Un geste rapide et le coucou vient rejoindre son butin dans le gros sac de toile qu'il a emporté.

Son sac sur l'épaule, Wilbur Barnett refait rapidement le chemin en sens inverse. Il doit aborder maintenant une petite place, la seule partie dangereuse de son parcours, car il y a quelques dizaines de mètres à découvert.

Il regarde à droite et à gauche... Il fait nuit noire. Il se lance. Soudain, un cri retentit.
– Où allez-vous comme cela, l'ami? Eh là! Arrêtez-vous!

Barnett se retourne : des policiers! Il se met à courir... Derrière, ils sont deux et ils gagnent sur lui. Son sac ralentit sa course, mais il ne veut pas se débarrasser de son butin.

Alors, le « Diable de Sheffield » s'arrête. Calmement il sort un revolver de sa poche, le seul butin de quelque valeur qu'il ait jamais fait : il l'a trouvé dans le tiroir-caisse d'un boulanger.

Les deux policiers, qui ne sont pas armés, viennent de comprendre le danger. Ils s'arrêtent à quelques mètres de lui. Posément, Wilbur Barnett vise celui qui est le plus proche et fait feu par deux fois. L'homme tombe, tandis que son camarade court se réfugier derrière un mur.

Wilbur Barnett reprend sa course folle. Il a toujours son sac sur l'épaule... La gare, là-bas, c'est sa seule chance! Il n'y a personne aux fenêtres. Les gens n'ont pas entendu les détonations, ou alors ont trop peur d'intervenir. De toute façon, dans ce quartier, on n'est jamais très pressé de porter secours à la police...

Tout en courant, le jeune homme sort son mouchoir et enlève rapidement le cirage de sa figure. Hors d'haleine, il arrive dans la gare. Elle est presque déserte. Au passage il se regarde dans une vitre. Le cirage est parti, il ne devrait pas attirer l'attention. D'un pas aussi tranquille qu'il peut, il arrive sur les quais et retient un cri de joie : un train de marchandises entre à petite vitesse. D'un bond, il saute sur le plateau du dernier wagon. Personne ne l'a vu et il n'a même pas perdu son butin. Il est sauvé!

Longtemps, Wilbur Barnett se laisse bercer par le cahotement des roues. Il va rester quelque temps à Londres et il reviendra quand tout se sera calmé.

Au poste de police d'Hampton Road, à Sheffield, c'est l'affolement et le désarroi. On vient d'amener le corps de l'agent Julius Irvin, tué d'une balle dans la tête.

Son collègue, qui faisait sa ronde avec lui, n'a rien pu faire pour arrêter le meurtrier. Il l'a suivi à distance, l'a vu disparaître du côté de la gare et c'est tout.

Le lieutenant de police Horace Falks écoute son récit, le visage blême. En Angleterre, les meurtres de policiers sont extrêmement rares. Ils ne sont jamais armés et même les truands considèrent comme une lâcheté de tirer sur eux. Aussi, il faut retrouver l'assassin coûte que coûte, le faire avouer et l'envoyer devant les juges où il n'aura aucune illusion à se faire sur le sort qui l'attend.

Quelques minutes plus tard, la quasi-totalité des policiers de Sheffield quadrillent le secteur. Les moindres recoins sont systématiquement explorés. Le lieutenant Horace Falks, qui dirige les opérations sur le terrain, n'a pas longtemps à attendre. Au bout d'une demi-heure, deux de ses hommes lui amènent un individu d'une vingtaine d'années. Il est blond, de petite taille et se débat comme un forcené.

– Laissez-moi! Je n'ai rien fait! Je dormais.

L'un des policemen renseigne son chef :
— On l'a trouvé dans la gare. Dans un hangar de locomotive désaffecté. A côté de lui, il y avait ça.

Il exhibe un gros sac de toile à moitié plein.
— Là-dedans, il y a des vêtements et des boîtes de conserve. Tout ça, c'est volé, bien sûr.

Le lieutenant Falks se tourne vers l'homme.
— Ton nom!...

Il a dit cela d'un tel ton, avec un tel regard que le suspect cesse aussitôt de protester et de se débattre. Il répond avec une nuance de crainte.
— John Normann.
— Age?
— Vingt ans.
— Domicile?
— C'est que...
— Tu t'es évadé?

Le jeune homme a l'air à présent terrorisé.
— Pas de prison, de maison de redressement! Je n'ai rien fait de mal.

Le lieutenant crie un ordre.
— Emmenez-le! On verra ça demain.

A peine le suspect a-t-il disparu que le collègue de l'agent tué s'approche du lieutenant.
— Chef, c'est lui! Il n'avait plus son maquillage, mais c'est la même démarche, la même allure. Je suis sûr de ne pas me tromper...

Le lendemain après-midi, le lieutenant Horace Falks fait venir John Normann dans son bureau. Entre-temps, il a mené son enquête avec tous les moyens dont il disposait et les résultats sont plus que probants; ils sont accablants pour le suspect.

John Normann est livide en s'asseyant en face du lieutenant. Il tente de protester timidement mais le policier lui coupe la parole.

– Silence, c'est moi qui parle! Tu t'es bien évadé de la maison de correction Saint-Joseph le 21 décembre 1892?

– Oui, mais...

– Silence! Or, comme par hasard, le « Diable de Sheffield » a fait son premier coup juste dix jours après, le 31 décembre!

John Normann ouvre des yeux ronds.

– Le « Diable de Sheffield »? Qu'est-ce que c'est que ça : le Diable de Sheffield?

On sent que le lieutenant Falks fait un gros effort pour garder son calme.

– Fais pas l'innocent! On a interrogé tes camarades à Saint-Joseph. Est-ce que tu n'as pas dit à l'un d'eux : « Les flics sont des ordures. Un jour, j'en descendrai un »?

Le jeune homme est blanc comme un linge.

– Je... ne pensais pas ce que je disais.

Le lieutenant tape du poing sur la table.

– Et tu ne pensais pas à ce que tu faisais, hier soir, quand tu as tué l'agent Irvin? Où as-tu caché le revolver?

John Normann a l'impression de vivre un cauchemar.

– Je n'ai tué personne! Je n'ai jamais eu de revolver.

Le lieutenant Falks continue.

– Et ce qu'il y avait dans ton sac, ce n'étaient pas des objets volés?

Normann perd complètement pied.

– Si, mais ce n'était pas ici à Sheffield, c'était à Manchester.

Horace Falks se lève brusquement :

– Ne te fatigue pas. L'agent qui faisait sa ronde avec la victime t'a reconnu. Je vais le faire entrer...

Le lendemain, le *Sheffield News* annonce, sur toute sa première page : « Le Diable de Sheffield arrêté. L'odieux meurtrier, un voyou échappé d'une maison de redressement, John Normann, a été formellement reconnu par l'agent Smith, le compagnon du policier abattu. Le criminel continue à nier, mais il a été inculpé d'homicide volontaire. »

Ce journal, un homme de petite taille à la figure de gargouille avec son nez écrasé, ses yeux globuleux et ses lèvres épaisses, le tient en main dans un pub malfamé de Londres. Et, à la surprise des autres consommateurs, il se met à éclater de rire !

Son compagnon de table, un marin passablement éméché, se penche vers lui.

– Une bonne nouvelle, l'ami ?

Wilbur Barnett découvre toutes ses dents noirâtres.

– Un peu, oui ! Allez, à la nôtre ! Je sens que je vais faire un petit voyage. Il y a un spectacle que je ne voudrais pas manquer...

Une heure plus tard, Wilbur Barnett colle sa face de gnome sur la vitre du train Londres-Sheffield. Il sourit encore... Lui qui croyait être obligé de se cacher pendant des mois, voilà que ces imbéciles de flics dénichent un coupable à sa place ! Les journaux disent que le procès aura lieu dès que possible. Il va, bien entendu, y assister. Quant au pauvre type qui va être pendu à sa place, c'est triste pour lui, mais c'est la règle du jeu. Car il n'est pas question qu'il se dénonce. Les gens de Sheffield l'appellent « Le Diable ». Le Diable, c'est pas le Bon Dieu. Faut pas confondre !...

227

23 septembre 1893. Aux assises de Sheffield, s'ouvre le procès de John Normann. L'autorité judiciaire n'a pas perdu de temps : le meurtre remonte à quatre mois.

Dans l'assistance qui se presse nombreuse au palais de justice de Sheffield, un homme, un seul, sait que John Normann est innocent. C'est Wilbur Barnett, le vrai coupable. Il a fait la queue toute la matinée pour avoir une bonne place. Et il sourit de ses dents noires en dévisageant l'accusé.

John Normann est un jeune homme maigre et blond. Il est pâle comme sa chemise. A la demande du président, il raconte sa vie, une histoire courte et désespérante... Famille de mineurs; trop nombreux à la maison. Il se retrouve dans la rue. Il est enrôlé dans une bande de gamins. C'est la maison de correction, d'où il s'évade. Voilà, c'est tout !

Mais c'est suffisamment édifiant pour les jurés qui le dévisagent d'un air entendu. Graine de voyou : c'est comme ça qu'on devient un assassin... La suite des débats ne fait que confirmer les présomptions contre l'accusé. L'agent Smith le reconnaît formellement; son camarade de pensionnat surveillé confirme qu'il lui a bien dit :

– Les flics sont des ordures. Un jour, j'en descendrai un !

A tout cela, le malheureux Normann, totalement effondré, ne peut que répéter :

– Ce n'est pas moi, je vous le jure !

Le réquisitoire est une simple formalité. Le procureur réclame la peine de mort, bien entendu. Quant à l'avocat, sa plaidoirie manque particulièrement de conviction. Il se contente d'énoncer, d'une voix terne, des considérations générales sur la grandeur du pardon.

Et, le 24 septembre 1893, après seulement deux jours de débats, le président prononce la sentence que chacun attendait :

– John Normann, vous êtes condamné à être pendu par le cou jusqu'à ce que mort s'ensuive. Dieu ait pitié de votre âme !

Personne dans l'assistance n'est ému. Surtout pas Wilbur Barnett qui se promet d'être là pour le dernier acte le jour du supplice...

A cette époque, en Angleterre, les exécutions ne sont pas publiques. Elles sont annoncées par un drapeau noir, qui monte sur le toit de la prison à la minute même de la pendaison. L'exécution de John Normann a été fixée au 18 octobre 1893, sa grâce ayant été rejetée par la reine.

Wilbur Barnett fait partie du petit groupe de mauvais garçons et de badauds désœuvrés qui stationnent devant la prison. Il ressent une certaine inquiétude. L'aube va bientôt se lever. Et s'il se produisait un coup de théâtre de dernière minute ? Si, en faisant d'ultimes révélations, Normann arrivait à convaincre le procureur de son innocence ? Finie pour lui la sécurité. Il devrait recommencer à se cacher, à trembler.

Le jour se lève presque... Wilbur Barnett pousse un cri pendant que quelques personnes autour de lui se signent : un petit rectangle noir monte lentement sur le toit. John Normann a été pendu. Pour tout le monde, justice a été faite...

Si Wilbur Barnett avait eu la tête sur les épaules l'histoire aurait pu s'arrêter là et jamais personne ne l'aurait connue.

Seulement, en regagnant son logis misérable de Sheffield, Barnett a une idée, une idée folle. La condamnation et l'exécution d'un autre à sa place ont dû lui faire penser qu'il était protégé par le destin, qu'il était invincible. Alors, un soir, il recommence : il se barbouille le visage de cirage noir et le « Diable de Sheffield » sort de nouveau de sa tanière...

Plusieurs témoins l'aperçoivent. De nouveau, la presse de Sheffield parle du « Diable de Sheffield », mais pas du tout dans les mêmes termes. Les journalistes osent à peine formuler la question : est-ce que par hasard la justice se serait trompée, est-ce qu'il s'agirait d'une épouvantable erreur ?

A la police, on ne partage pas ces craintes. Le lieutenant Horace Falks l'affirme d'une manière péremptoire. N'importe qui peut se barbouiller le visage de cirage noir. Il s'agit d'une mystification d'un goût odieux et la police fera tout pour arrêter le coupable.

Mais les mois passent et le « Diable de Sheffield » semble bénéficier d'une chance insolente. Il est aperçu à plusieurs reprises, mais à chaque fois il parvient à se glisser entre les mains de la police.

30 octobre 1894. Il y a un an que John Normann a été pendu. Deux policiers font une ronde nocturne dans le quartier industriel de Sheffield. Soudain, une ombre s'enfuit à leur approche. Ils se mettent à sa poursuite. Mais cette fois, ils parviennent à rattraper l'homme et à le maîtriser avant qu'il ne puisse faire usage de son revolver. Il a la figure barbouillée de noir...

Le lendemain, devant le lieutenant Falks, Wilbur Barnett joue, bien entendu, la comédie.

– C'est les journaux qui m'ont donné l'idée de faire comme Normann. Je me suis dit que c'était un bon truc pour pas se faire reconnaître.

Le lieutenant Falks voudrait le croire, il le voudrait de toutes ses forces ! Seulement il ne le peut pas. Le revolver de Barnett est du même type que celui qui a tué l'agent Irvin et, dans sa masure, on a retrouvé une horloge-coucou suisse, pièce qui figurait dans la liste des objets volés le jour du crime.

Le lieutenant regarde la figure de gnome en face de lui et dit, d'une voix étouffée :

– Nous aussi, nous avons commis un crime !

Verdun à Nogent

Christine et Sophie Lefèvre franchissent la porte d'un immeuble d'une rue populeuse de Nogent-sur-Marne. Immeuble est d'ailleurs un bien grand mot. C'est une bâtisse de deux étages aux murs lépreux, qui menace ruine. Christine et Sophie Lefèvre habitent le trois-pièces qui forme la totalité du second étage.

Pour deux sœurs, Christine et Sophie se ressemblent aussi peu que possible. Christine, l'aînée, a vingt-deux ans. Elle est blonde et de taille élancée. Sophie, la cadette, vingt ans, est une petite brune bien en chair, un peu boulotte. Cela fait six mois qu'elles ont choisi d'habiter ensemble. Non pas parce qu'elles ne s'entendent pas avec leurs parents, mais parce qu'elles veulent leur indépendance, voilà tout. D'ailleurs, elles gagnent leur vie par elles-mêmes : Christine est dactylo et Sophie est vendeuse.

Le rez-de-chaussée de l'immeuble est désert. Il y a juste un deux-pièces que s'est réservé le propriétaire mais qu'il n'occupe jamais. Les deux jeunes filles montent l'escalier vétuste. Elles ne sont pas encore arrivées au premier étage qu'une voix sonore retentit :

– Vive la France!

Christine et Sophie échangent à voix basse quelques mots apitoyés et amusés en même temps :

– Cela ne s'arrange pas, le père Bertoux!

– Pauvre vieux, quand même!

Celui qu'elles appellent : « le père Bertoux » se tient au garde-à-vous sur le palier, brandissant une pancarte de sa main droite.

Grand blessé de guerre, trépané après avoir reçu un éclat d'obus à Verdun, Auguste Bertoux a soixante-six ans. C'est un homme d'aspect chétif. Il porte un costume noir fatigué et, sur la tête, un béret basque.

Christine et Sophie Lefèvre s'adressent à lui avec bonne humeur :

– Vive la France, monsieur Bertoux!

– Qu'est-ce que vous avez d'écrit sur votre pancarte? Voyons voir : « J'attaquerai le 11 novembre! » Ah mais, c'est vrai, c'est demain le 11 novembre. Et c'est le quarantième anniversaire en plus! Vous allez défiler avec les anciens combattants, monsieur Bertoux?

Auguste Bertoux ne répond pas. Son corps se raidit un peu plus. Son visage maigre se crispe et son regard prend une fixité bizarre. Il prononce d'une voix saccadée :

– Pas peur des Boches, moi! On les aura!

Les deux jeunes filles montent l'escalier du second étage. Elles sourient d'une manière un peu triste. Au début, le père Bertoux leur faisait peur mais, depuis, elles se sont habituées à lui. C'est un pauvre homme à l'esprit dérangé par sa blessure. Il mériterait qu'on l'aide. Elles lui ont bien proposé à plusieurs reprises des services mais il n'a pas accepté.

Christine et Sophie Lefèvre oublient vite cet

incident tragi-comique. Pourtant, sur sa pancarte, Auguste Bertoux avait écrit : « J'attaquerai le 11 novembre »; or nous sommes le 10 novembre 1958, il est huit heures du soir. Le 11 novembre, c'est dans quatre heures...

Chacune à un coin de la table de la cuisine, Christine et Sophie Lefèvre écrivent une lettre, comme elles le font chaque jour. Elles écrivent à leurs fiancés respectifs qui sont tous deux soldats en Algérie. Robert et Guy sont, eux aussi, de Nogent-sur-Marne. Ils étaient amis avant de rencontrer les sœurs Lefèvre au bal du 14 juillet. Ils se sont fiancés le même jour avec Christine et Sophie; ils ont été mobilisés le même jour et il est prévu qu'ils se marieront le même jour, après leur libération.

Christine redresse la tête :

– Tu parles du bal de la Saint-Martin à Guy ?

Sophie s'arrête d'écrire à son tour :

– Non, puisqu'on n'ira pas.

– Justement, dis-le-lui. Cela lui fera plaisir.

Sophie remercie sa sœur de l'idée et s'empresse de mettre la chose noir sur blanc car les deux sœurs – en jeunes filles fidèles – ont juré à leurs fiancés de ne pas aller au bal tant qu'ils seront absents. Cette nuit, comme toutes les nuits, elles resteront sagement chez elles...

Christine laisse soudain tomber son stylo sur sa feuille.

– Qu'est-ce que c'est que ça ? Mais qu'est-ce qui lui prend ce soir ?

En effet, les accents de *Sambre et Meuse* hurlés par un vieux phonographe viennent de retentir.

A l'étage au-dessous, Auguste Bertoux, l'air

égaré, interprète les deux rôles d'un dialogue imaginaire :

– On attaque à minuit. Je compte sur vous, sergent.

Il se met au garde-à-vous :

– On en veut tous, mon lieutenant!

– C'est bien, Bertoux. Allez vous mettre en tenue.

L'ancien combattant claque des talons. Il se dirige au pas vers un placard, en sort un casque, un uniforme bleu horizon et un revolver d'ordonnance. Il a un sourire inquiétant.

– On les aura, mon lieutenant! On les aura tous. Ils sont faits comme des rats!...

On sonne à l'appartement des sœurs Lefèvre. Il est neuf heures du soir. Christine et Sophie, qui se préparaient à aller se coucher après un repas vite pris, se demandent avec surprise qui cela peut bien être. Mais derrière la porte, elles reconnaissent la voix de leur frère Jérôme.

– Ouvrez! C'est moi.

Jérôme entre. C'est un garçon de dix-huit ans aux cheveux en brosse. Il n'est pas seul. Trois garçons et deux filles sont avec lui.

Christine Lefèvre a un mouvement de recul devant cette invasion.

– Vous ne vous invitez pas à six tout de même!

Jérôme a un sourire :

– C'est le contraire : c'est nous qui vous invitons. On va au bal.

Christine secoue aussitôt la tête :

– Tu sais bien que c'est « non », Jérôme. Sophie et moi on a juré.

– Mais enfin, Christine, c'est le bal de la Saint-Martin!

235

Sophie intervient à son tour :
- On aimerait bien mais on ne peut pas. N'insiste pas.

Justement, Jérôme insiste :
- Enfin, avec mes amis et moi, c'est pas faire quelque chose de mal...

Jérôme Lefèvre s'assied sur une chaise :
- Je ne partirai pas avant que vous ayez dit « oui ».

Auguste Bertoux se regarde dans la glace de son armoire. Il a fière allure avec son uniforme bleu horizon, revolver à la ceinture et toutes ses décorations sur la poitrine. Il se met au garde-à-vous et reprend son dialogue imaginaire :
- A vos ordres, mon lieutenant!
- Repos, Bertoux. Vous pouvez commencer les préparatifs.

Auguste Bertoux quitte le garde-à-vous et se dirige vers sa cuisine.

C'est une petite pièce malpropre et malodorante. Quelques assiettes sales traînent sur la cuisinière à charbon... Brusquement, il a une grimace de douleur tandis que sa face devient cramoisie. Il arrache son casque, ouvre le robinet en grand et se met la tête sous le jet. Il reste ainsi plus d'un quart d'heure. C'est le seul moyen de soulager les épouvantables migraines qui le prennent depuis maintenant quarante-deux ans.

Ruisselant, son uniforme trempé, Auguste Bertoux se redresse enfin et prononce d'une voix forte :
- Le 115ᵉ ne flanche pas, mon lieutenant!

Il ouvre le placard à balais, se baisse et se relève en grimaçant. C'est que c'est lourd à porter à son âge une bonbonne de butane! Après bien des efforts, Auguste Bertoux la dépose dans la salle à manger. Il repart vers le placard à balais. Il faut qu'il se dépêche. Il est déjà neuf heures et demie et il a encore trente-neuf voyages à faire...

A l'étage au-dessus, on discute ferme chez les Lefèvre. Et les positions ont changé : Sophie a fini par se laisser fléchir par son frère. Maintenant, elle joint ses efforts à ceux de Jérôme pour convaincre Christine d'aller au bal.
— Écoute, pour une fois, on peut y aller!
Mais Christine ne veut rien entendre :
— Vas-y si tu veux. Moi, je ne bouge pas.
Sophie pousse un soupir.
— Tu sais bien que je n'irai pas sans toi.
Elle a un regard résigné à l'adresse de son frère :
— Je reste... Après tout, Christine a raison : quand c'est juré c'est juré.
C'est à ce moment qu'éclatent une nouvelle fois au premier étage les accents de *Sambre et Meuse*.

Auguste Bertoux contemple avec satisfaction les deux bonbonnes de butane et les trente-huit bidons de dix litres d'essence, alignés dans sa salle à manger :
— Tout est prêt pour l'attaque, mon lieutenant.
— Très bien, Bertoux, c'est du bel ouvrage!
Auguste Bertoux a un large sourire. Et comment que c'est du bel ouvrage! Il va faire sauter le fort de Douaumont à lui tout seul. Les Boches l'ont pris, tant pis pour eux! Ils vont être grillés, volatilisés les Boches! Il éclate de rire, mais il cesse aussitôt. On frappe des coups violents à la porte.
— C'est pas bientôt fini ce raffut, vieux fou!

La voix qui vient de parler est celle d'un jeune homme de dix-huit ans. Auguste Bertoux ouvre la porte. Il se trouve nez à nez avec Jérôme.
– Galopin! Je vais t'apprendre!
Jérôme Lefèvre ne s'émeut pas.
– Et moi je vous dis que si vous embêtez mes sœurs, vous aurez affaire à moi!...

Le bal de la Saint-Martin, sur les bords de la Marne, est une réussite. Toute la jeunesse des environs s'y est donné rendez-vous. Mais Jérôme Lefèvre ne s'amuse pas. Quelque chose le tracasse. C'est ce vieux fou de la guerre de 14 qui l'inquiète sans qu'il sache exactement pourquoi.
Et soudain, il a un choc! Quand l'autre a ouvert sa porte, il a entrevu l'espace d'un éclair quelque chose de bizarre dans la salle à manger. Maintenant, il jurerait que ce sont des bidons, un amoncellement de bidons!
Jérôme s'arrête en plein milieu de la danse. Sa cavalière, une des jeunes filles avec lesquelles il était venu au bal, a un mouvement de stupeur.
– Qu'est-ce qui te prend?
Jérôme Lefèvre répond par une autre question:
– Tu as l'heure?
– Minuit moins le quart. Pourquoi?
Le jeune homme traverse rapidement la foule des danseurs. Il retrouve sa bicyclette qu'il avait garée dans une rue voisine. Sa cavalière continue à le questionner...
– Mais enfin qu'est-ce qu'il se passe? Où vas-tu?
Jérôme répond, tandis qu'il s'éloigne déjà, en forçant sur les pédales:
– Chez mes sœurs. J'ai peur du fou!

Auguste Bertoux regarde sa montre : minuit moins cinq... Il se tourne vers un interlocuteur imaginaire.

– On peut commencer la mise à feu, mon lieutenant ?

– Pas encore, sergent, une minute trente avant l'heure « H ». Bertoux, vous voyez là-bas ? C'est Douaumont. Vous allez le faire sauter à vous tout seul. Vous êtes un héros, Bertoux !

Auguste Bertoux revoit la silhouette sombre d'un fort derrière les barbelés. Il chargeait en tête de ses hommes. Et puis soudain, ce hurlement, cet éclair et puis, plus rien...

Auguste Bertoux met la main à sa tête. Non, pas maintenant ! Il ne peut pas se le permettre : l'attaque est fixée à minuit, il n'a pas le temps de se mettre sous le robinet. Il consulte sa montre et annonce avec la voix du lieutenant :

– Sergent, préparez la mise à feu !

Auguste Bertoux claque des talons, se dirige vers les trente-huit bidons d'esssence et les ouvre l'un après l'autre. L'odeur puissante du combustible se répand dans la pièce.

Lorsque le dernier est ouvert, Auguste Bertoux se redresse. Il regarde sa montre : minuit moins trente secondes. Il va chercher une boîte d'allumettes, se met au garde-à-vous et commence à entonner *La Marseillaise*. Lorsqu'il arrive à « Le jour de gloire est arrivé », il craque son allumette et l'approche d'un des bidons...

Jérôme Lefèvre manque de tomber de vélo. Il était déjà dans la rue et le souffle de l'explosion a été si fort qu'il a failli le jeter à terre. Les yeux agrandis d'horreur, il regarde le spectacle qu'il a devant lui : l'immeuble est en flammes ; plus que cela, il est devenu une torche. Le feu en jaillit comme un geyser et gagne le ciel en gros bouillons. Jérôme pense aux bombardements au napalm qu'il a vus quelquefois aux actualités, il n'y a pas d'autre comparaison.

Il pose pied à terre et reste pétrifié. Il murmure :

– Elles n'ont pas souffert.

Sauvé par sa victime

18 février 1951, deux heures du matin. Bien qu'on soit en pleine nuit, il fait encore très chaud dans la ville d'Escada, au Brésil.

La taverne d'Enrique n'a pas désempli de la soirée. Toutes les catégories sociales s'y réunissent les soirs d'été pour écouter de la musique brésilienne. Il y a là de riches planteurs, de petites gens et même quelques mauvais garçons.

A l'une des tables près de l'orchestre, un gros homme d'une cinquantaine d'années considère sa bouteille de cognac vide avec une surprise d'ivrogne. Il est habillé d'un pantalon et d'une chemise de la meilleure coupe. Il n'est pas difficile de deviner qu'il a les moyens. D'ailleurs tout à l'heure, il a payé sa bouteille avec un gros billet et il a laissé un pourboire royal au garçon.

L'homme secoue sa bouteille et tente vainement de faire tomber quelques gouttes dans son gosier. Après avoir poussé un juron, il se lève avec difficulté et se dirige en titubant vers la sortie.

L'orchestre est en train de jouer une samba endiablée. Personne ne remarque que son voisin de table se lève à son tour et lui emboîte le pas.

C'est un jeune homme de vingt-cinq ans, solidement bâti. Sa tenue plutôt misérable contraste avec celle de l'homme qu'il est en train de suivre. Bien que sa démarche soit apparemment nonchalante, il est en proie à un intense débat intérieur.

« Felipe, est-il en train de se dire, un peu de courage voyons! Bien sûr, jusque-là, ce n'étaient que des bricoles. Jamais de violence, c'était ta règle absolue. Mais tu n'as pas le droit de laisser passer cette occasion!

« Ce type-là est plein aux as et il vient de se siffler à lui tout seul une bouteille de cognac. Dans l'état où il est, tu n'auras pas besoin de taper bien fort pour l'estourbir. Juste un petit coup sur le crâne, pour achever le travail de l'alcool. C'est pas méchant, et je te parie que demain le gars ne se souviendra de rien. »

Devant lui, le riche consommateur avance en titubant. Il prend la direction de la campagne toute proche. Il fredonne d'une voix pâteuse une des mélodies de l'orchestre. Il ne faut pas perdre de temps! Le jeune homme s'exhorte une dernière fois :

« Là, dans ce chantier, prendre une brique... Maintenant, il faut y aller! »

En quelques enjambées, il rattrape l'homme, il lève sa brique et frappe d'un coup sec. L'autre a un petit cri étonné et tombe lourdement la tête en avant. Le chemin de terre où ils se trouvent est désert, personne ne les a vus... Felipe se dépêche. Rapidement, il fait les poches de sa victime. Il lui subtilise son portefeuille, sans oublier les cigares qu'il lui a vu fumer tout à l'heure. Fumer des havanes, c'est un plaisir qu'il ne s'est pas offert depuis longtemps.

Le jeune homme s'éloigne rapidement. Il ne s'arrête qu'au bout de quelques minutes quand il s'estime en sécurité. Il se trouve devant un canal d'irrigation qui traverse une plantation de canne à sucre... Enfin un peu de fraîcheur! Felipe s'assied au bord du canal, allume son briquet et examine son butin. Le portefeuille de sa victime est moins bien garni qu'il ne l'espérait : sept cents cruzeiros, mais c'est déjà une somme appréciable. Il n'aura pas à travailler pendant un mois. Décidément, c'est une bonne soirée! Et il convient de la terminer dignement.

Le jeune homme sort un cigare, l'allume et en tire une longue bouffée avec délices. C'est alors que se produit l'incroyable : Felipe voit un immense éclair en même temps qu'il ressent une violente douleur derrière la tête. Il a un petit cri étonné et il tombe lourdement devant lui...

Quand il se réveille, le jour est déjà haut. Il fait très chaud. Il ne doit pas être loin de midi. Dans son esprit tout est tellement confus qu'il ne se rappelle même pas qui il est. Peu à peu, cependant, la notion de son identité lui revient... da Silva, oui, c'est cela, Felipe da Silva. Mais que fait-il par terre devant ce canal d'irrigation en face d'une plantation de canne à sucre ? « Voyons, se demande-t-il, comment suis-je arrivé là et pourquoi ? »

Il tente de faire un effort mais une terrible migraine l'en empêche. Il se passe lentement la main derrière le crâne. Il sent une large plaie, ses cheveux sont tout poisseux de sang. Alors, peu à peu les souvenirs lui reviennent et la vérité se fait jour. Il se met à dire à haute voix :

– Non, c'est pas vrai! On ne m'a pas fait le même coup!

Fébrilement, il met la main à sa poche. Et si, c'est vrai! L'argent a disparu en même temps que les havanes...

Le malheureux da Silva comprend peu à peu son infortune. Un troisième larron est sorti derrière lui. Il a attendu qu'il dépouille le consommateur et il l'a frappé sur la tête à son tour. C'est lui maintenant qui a l'argent et les cigares.

La tête douloureuse, Felipe da Silva se lève. Il prononce avec un sourire amer :

– Et dire que je ne peux même pas porter plainte !

Non, il ne peut pas porter plainte. Mais le consommateur, lui, a dû le faire. Et si on le trouve là, il aura bien du mal à expliquer sa présence.

Il se lève péniblement. Il s'avance d'un pas mal assuré sur le chemin qu'il avait emprunté la nuit dernière et il n'a que le temps de se jeter dans un buisson ! A quelques dizaines de mètres de lui viennent d'apparaître des gendarmes. Ils sont escortés par quelques hommes, des paysans, qui semblent les conduire.

Accroupi derrière les feuillages, il les voit passer juste devant lui. Un homme désigne aux gendarmes l'endroit qu'il vient de quitter :

– Il était là.

Le petit groupe s'engage en contrebas, près du canal d'irrigation, où il a été victime de l'agression. Felipe da Silva ne s'attarde pas pour savoir si la police vient le secourir ou l'arrêter : en grimaçant de douleur, il s'enfuit, sur le chemin écrasé de soleil.

Il n'est pas près d'oublier cette soirée. Dans le fond, cela lui apprendra. Pour la première fois qu'il s'est décidé à employer la violence, on lui a rendu la monnaie de sa pièce ! Felipe se jure bien que c'est fini. Désormais il en reviendra à ses petits vols sans envergure mais sans grand risque. Il doit même commencer tout de suite car il ne lui reste pas un sou en poche...

Mai 1954. Trois ans ont passé depuis la soirée à la taverne d'Enrique. Mais pour l'instant, Felipe da Silva n'y pense pas. Il a bien d'autres choses en tête.

Dans quelques heures, il sera au Venezuela. L'existence semble enfin lui sourire. Car après une succession de vols sans importance, il vient de réussir un gros coup. Cette villa d'Escada, il l'a surveillée pendant des semaines. Il a étudié les habitudes de ses occupants minutieusement. Et il a opéré à une heure où il était sûr d'être tranquille.

Le résultat a été conforme à ses espérances : quinze mille cruzeiros, une fortune pour lui. Jamais il n'a eu autant d'argent. Alors, il serait trop bête de se faire prendre maintenant. Il va se mettre au vert quelque temps. Par l'intermédiaire d'un de ses amis, il s'est procuré un faux passeport et il vole à présent vers le Venezuela.

Quelques heures plus tard, son avion atterrit à Caracas. Felipe da Silva tend à la police son passeport au nom de Simon Romero. Mais le fonctionnaire ne le lui rend pas tout de suite. Au contraire, il le dévisage, prend son téléphone et prononce quelques mots à voix basse.

Felipe n'a pas lontemps à attendre. Une minute plus tard plusieurs policiers vénézueliens l'entourent. L'un d'eux lui dit brièvement :

– Felipe da Silva, nous avons un mandat international contre vous.

Felipe tente sans grande conviction de protester.

– Vous faites erreur, je m'appelle Romero...

Le policier rétorque en lui passant les menottes :

– Nous allons voir avec vos empreintes. Interpol nous a transmis celles de da Silva accompagnées de sa photo, qui vous ressemble étrangement d'ailleurs. Da Silva s'est rendu coupable d'un vol à Escada. La police brésilienne l'a identifié justement grâce aux empreintes qu'il a laissées.

Felipe da Silva ne réplique rien. Décidément, il n'est pas doué comme malfaiteur. Il aurait dû en rester aux vols à l'étalage. Dès qu'il a voulu aller plus loin, employer la violence, comme lors de la nuit de février 1951, ou faire un cambriolage d'envergure, il y a toujours eu un imprévu.

Extradé quelques temps après, Felipe da Silva est ramené à Escada, jugé et condamné à six ans de prison. Et c'est à partir de ce moment que son histoire, somme toute banale dans ce Brésil du Nord-Est où la misère et la délinquance sont des réalités de tous les jours, va véritablement sortir de l'ordinaire...

Six ans... C'est ce que se répète da Silva en pénétrant dans sa cellule de la prison de Recife, capitale de la province. A l'intérieur, il y a un autre prisonnier à peu près de son âge. C'est tout juste s'il lui accorde un regard. Il se laisse tomber sur sa paillasse en soupirant. Son compagnon va vers lui.

– Salut. Je m'appelle José Simão. Et toi ?

Felipe dit son nom. L'autre lui tape sur l'épaule.

– Allez, fais pas cette tête-là! Bien sûr, c'est dur au début, mais on s'y fait, tu verras! T'en as pris pour combien ?

– Six ans.

– Et moi quinze, pour meurtre. J'en ai déjà fait trois, il m'en reste douze. Tu vois, ça fait le double! Tu viens d'où ?

Felipe répond d'une voix faible :

– Escada.

Le visage de son compagnon s'illumine.

– C'est pas vrai! Moi aussi. T'es de quel quartier ?

– Les collines.

Cette fois le nommé José Simão exulte.

– Mais moi aussi, je suis des collines!

Et pendant des minutes entières, ils énumèrent

leurs connaissances communes. Bien qu'ils ne se soient jamais vus, ils ont vécu sans le savoir tout près l'un de l'autre.

Du coup, Felipe voit s'envoler tout son cafard. Retrouver quelqu'un de son quartier, c'est incroyable, c'est inespéré! Ah, ils vont en avoir des choses à se dire pendant six ans! Les effusions passées, il s'inquiète de savoir ce qu'a fait José Simão.

— T'es là pour meurtre, tu m'as dit ? Qu'est-ce qui s'est passé ?

José hoche la tête avec un soupir.

— M'en parle pas! J'ai assommé un gars pour lui faire les poches. Mais j'ai tapé un peu fort.

Felipe da Silva fait la grimace. Tout cela lui rappelle un désagréable souvenir. Son compagnon continue son récit.

— Je sortais de la taverne d'Enrique. J'avais dû boire un peu trop. J'aurais pas dû. Sans quoi, j'aurais pas tapé si fort. Eh, Felipe, pourquoi tu fais cette tête-là ? Tu ne te sens pas bien, Felipe ?

Felipe da Silva, la gorge nouée, lui fait un geste.

— Si, si... Continue? Ça se passait quand?

Un peu surpris par le ton de son camarade, José Simão explique :

— C'était en février 1951, le 18, si je me souviens. Je sortais de la taverne quand j'ai vu deux types passer. Celui qui marchait devant avait l'air complètement saoul. Je les ai suivis je ne sais pas trop pourquoi. Et alors, tiens-toi bien, le deuxième type a sauté sur le premier, l'a assommé et lui a pris son fric. Alors, moi, je l'ai suivi à mon tour et je lui ai fait le même coup...

« Malheureusement, je me suis fait prendre presque tout de suite. Et manque de chance, j'ai appris que j'avais tué le gars. Les témoins qui l'ont découvert ont dit qu'il était mort. Pourtant, quand les gendarmes sont arrivés, ils n'ont pas trouvé le corps. Ils ont conclu qu'il avait glissé dans le canal. Et moi, j'ai écopé de quinze ans pour meurtre. »

José Simão ne comprend pas pourquoi Felipe se met tout à coup à éclater de rire :

— C'était donc toi! Mais ça ne fait rien, je ne t'en veux pas. Tu es sauvé José, tu m'entends? Sauvé!...

Quelques jours plus tard, le commissaire d'Escada est devant Felipe da Silva dans le bureau du directeur de la prison.

— Da Silva, j'ai reçu votre lettre et je vous interroge parce que je dois faire mon devoir. Mais entre nous, je ne crois pas un mot de votre histoire. Vous retrouvez dans votre cellule un ami à vous. Il vous apprend qu'il a été condamné pour meurtre et qu'on n'a jamais retrouvé le corps. Alors vous lui proposez de dire que c'était vous la victime.

Le commissaire le regarde sans indulgence.

— C'est normal : entre mauvais garçons, il faut s'entraider. J'ai bien envie de demander contre vous une inculpation de faux témoignage!

Le malheureux da Silva pâlit. Il était tout à la joie de réparer l'injustice commise contre José Simão. A aucun moment, il n'avait imaginé qu'on ne le croirait pas.

Le commissaire continue son discours d'une voix sèche.

— C'est une preuve que j'attends de vous, da Silva! Et inutile de me raconter les circonstances de l'agression : bien entendu votre camarade vous a mis au courant de tous les détails...

Felipe da Silva est désemparé... Il se passe douloureusement la main sur la tête. Et brusquement son visage s'illumine. La voilà, la preuve! Il a mis des semaines à se remettre du coup de José. Il montre son crâne au policier.

– Elle est là, ma preuve, monsieur le commissaire. Vous pouvez la toucher!

Cette fois le commissaire d'Escada est ébranlé. Il n'a pas oublié que l'affaire Simão avait fait du bruit dans l'opinion à l'époque. Ses avocats avaient fait valoir qu'on ne pouvait condamner quelqu'un pour meurtre sans cadavre. Et le verdict avait soulevé beaucoup de critiques...

Felipe da Silva a passé radiographie sur radiographie. Les conclusions des médecins ont été claires. La bosse qu'il portait pouvait fort bien avoir été provoquée par un tuyau de plomb – l'arme employée par José Simão – et remonter à trois ans.

Bien sûr, ce n'était pas une preuve formelle. Mais le procès a été cassé et les nouveaux juges ont décidé que le doute devait profiter à l'accusé. Ils ont ordonné la mise en liberté immédiate de Jose Simao. José Simão, qui restera dans les archives policières un cas peu ordinaire : un meurtrier sauvé par sa victime.

Table des matières

La boiteuse..............................	7
Les yeux................................	17
Un enfant dans la nuit...................	27
Meurtre en public.......................	35
La fête de la bière......................	45
L'homme en noir........................	54
La petite fille derrière la porte...........	64
J'ai décapité quelqu'un	74
Viens jouer avec moi au fond de la piscine	84
Un cahier d'écolier......................	94
La clinique des Tilleuls	102
Le réveillon de Pamela..................	111
Une nuit en enfer	121
La loi du désert	131
Le parc du château	142
Miss Détective..........................	151
Le massacre de Fort Weston	161
Le cheval blanc.........................	170
La ronde de nuit........................	180
La maison du malheur	191
Le voleur du 3e arrondissement	201
Les marais de la mémoire	211
Le Diable de Sheffield	221
Verdun à Nogent	232
Sauvé par sa victime	241

Achevé d'imprimer sur les presses de

BUSSIÈRE
GROUPE CPI

*à Saint-Amand-Montrond (Cher)
en mars 2004*

POCKET - 12, avenue d'Italie - 75627 Paris Cedex 13
Tél. : 01-44-16-05-00

— N° d'imp. : 41511. —
Dépôt légal : mars 1992.

Imprimé en France